書下ろし

妖刀

風烈廻り与力・青柳剣一郎㊅

小杉健治

祥伝社文庫

目次

第一章　辻斬り　9
第二章　仇討ち　89
第三章　雪見の会　170
第四章　魔の正体　246

今戸町
吾妻橋
浅草
横山町
薬種問屋『大黒屋』
下谷七軒町
三味線堀
鳥越神社
隅田川（大川）
本所
横網町
両国橋
柳原通り
亀沢町
竪川
回向院
薬研堀
浜町堀
大横川
新大橋
小名木川
冬木町
呑み屋『おせん』
八丁堀
仙台堀
永代橋
深川
北
西
東
南

「妖刀」の舞台
不忍池
本郷
湯島切通し
神田明神
神田川
小川町
江戸城
一石橋
南町奉行所
数寄屋橋御門
南伝馬町
刀剣屋『剣屋』
愛宕下

主な登場人物

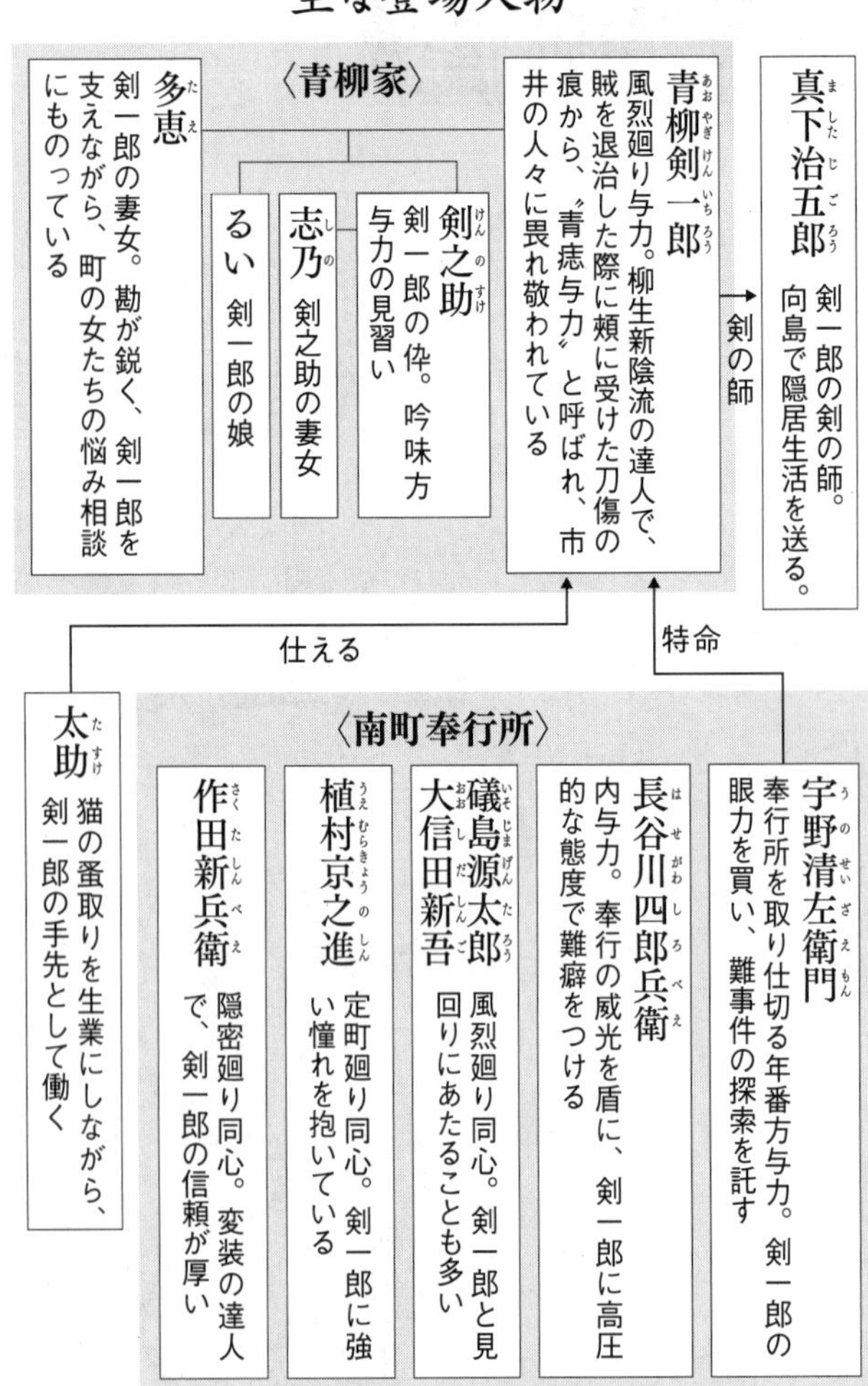

〈青柳家〉
青柳剣一郎
風烈廻り与力。柳生新陰流の達人で、賊を退治した際に頰に受けた刀傷の痕から、〝青痣与力〟と呼ばれ、市井の人々に畏れ敬われている
真下治五郎
剣一郎の剣の師。向島で隠居生活を送る。
剣の師
多恵
剣一郎の妻女。勘が鋭く、剣一郎を支えながら、町の女たちの悩み相談にものっている
剣之助
剣一郎の伜。吟味方与力の見習い
志乃
剣之助の妻女
るい
剣一郎の娘
仕える
特命
太助
猫の蚤取りを生業にしながら、剣一郎の手先として働く
〈南町奉行所〉
宇野清左衛門
奉行所を取り仕切る年番方与力。剣一郎の眼力を買い、難事件の探索を託す
長谷川四郎兵衛
内与力。奉行の威光を盾に、剣一郎に高圧的な態度で難癖をつける
礒島源太郎
大信田新吾
風烈廻り同心。剣一郎と見回りにあたることも多い
植村京之進
定町廻り同心。剣一郎に強い憧れを抱いている
作田新兵衛
隠密廻り同心。変装の達人で、剣一郎の信頼が厚い

第一章　辻斬り

一

一の酉が過ぎ、風は冷たく、寒さも一段と厳しくなった十一月半ば。

青柳剣一郎が奉行所から帰宅すると、妻女の多恵が、

「珍しいお客さまがお待ちです。安本善兵衛さま」

と、待ちかねたように告げた。

「なに、安本さま?」

剣一郎は胸に温かいものが入り込むのを感じながら、急いで着替えた。

客間に行くと、安本善兵衛が待っていた。膝前に茶菓が出ていたが、手をつけた形跡はなかった。

「安本さま」

剣一郎は懐かしそうに声をかけて腰を下ろした。大きな耳、面長でふっくらと

した頬、微笑みをたたえているかのような温和な顔だちは少しも変わっていない。

「青柳どの、ご無沙汰しておる」

安本は穏やかな顔で挨拶した。

「七年振りでしょうか」

剣一郎は思いだしてみる。

「そうなるかな」

安本はにこやかに言い、

「先日、向島の真下先生のところに行ってきた」

と、口にした。

「そうですか」

「たいそうお元気で安心した。若い妻女どのと楽しそうにお暮らしだ」

安本は目を細めた。

真下治五郎は剣一郎の剣術の師であった。

鳥越神社の裏手にあった江戸柳生の道場を悴に譲り、今は隠居をして向島に若い妻女おいくとのんびり暮らしている。

若き日、剣一郎は真下治五郎剣術道場に通っていた。安本もそこに通っており、ふたりは兄弟弟子だった。

「真下先生と話していて、いつしか青柳どのの話になった。今や、青痣与力と異名をとり、江戸の市民の生命と安全を守っている姿を、先生は絶賛されていた。わしも、青柳どのの名声は耳に入っているので、大いに盛り上がった」

剣一郎は風烈廻り与力であるが、特命を受けて同心の探索に手を貸し、難事件を解決してきた。

若い頃、人質をとって立て籠もった浪人たちの中に単身で踏み込み、賊を倒して人質を救った。そのとき左頬に受けた傷が青痣で残ったが、それは正義と勇気の象徴と言われ、その後、数々の活躍から人びとは畏敬の念をもって、剣一郎を青痣与力と呼ぶようになったのである。

「青柳どのと道場で稽古に励んでいたころが懐かしい」

安本が目を細めた。

「最初、私はまったく安本さまには敵いませんでした」

木刀での三本勝負で、一本をとるのがやっとだった。

「なんの。いつしか形勢は逆転。わしはまったく歯が立たなくなった。いや、真下先生でさえ、青柳どのには敵わなかったと思う」

安本は真顔で言う。

「とんでもない。そんなことはありません」

「いや、真下先生がいつだったか、ぽろっと口にされたことがある。もはや青柳どのはわしを超えたと」

「…………」

「先生が倅どのに道場を譲って隠居したのも、そのためではないか」

「まさか」

意外なことを聞いて、剣一郎は戸惑った。

「いや、よけいなことを。しかし、真下先生は青柳どのの師であることが自慢のようだ」

「真下先生にはほんとうによくしていただきました」

剣一郎の胸に熱いものが広がった。

「しかし、先手鉄砲組与力の安本さまが勘定所の筆算吟味をお受けになったと聞いたときは驚きました」

剣一郎は十年前のことを思いだす。

勘定所は幕府の財政、租税徴収、訴訟処理などを行なう役所で、勘定奉行の下に勘定組頭、勘定、支配勘定という役職がある。

安本は登用試験である筆算吟味に受かり、勘定所から支配勘定に任じられたのだ。

「鉄砲の稽古など性に合わなかったのでな」

安本は素直に言う。

「失礼ですが、今の役職は？」

「勘定だ」

「勘定？」

意外に思った。勘定所に入って十年。有能であり、真面目だ。もっと上に行っていてもおかしくないのだが……。

あるいは、近々、昇進があるのかもしれない。剣一郎はそう思った。

「いまだに勘定の職にいることを不審に思われるだろうな」

まるで剣一郎の心を見透かしたように、安本が言った。

正直、安本ほどの人物なら勘定吟味役になっていてもおかしくないと思っていた。安本が勘定所に勤め出した数年後、剣一郎はある事件で勘定組頭と会う機会があった。そのとき、安本の様子をきいた。

安本は頭の回転が速く、算術も得意だ。なにより生真面目だ、と組頭は評していた。かなり有望だ。

「勘定所の役人には商家からいろいろな誘惑がある。露骨に賄賂を寄越す輩もおる。それらをやんわりと断るのに一苦労だ」

「仕事がら、そうでしょうね。他の方はどうなのですか」

「賄賂を受け取るのが当たり前になっている。上役がもらえば、そのおこぼれがくる。しかし、わしは受け取らないので、上役の受けはよくない。別に、非難しているわけではないが……。やはり、出世していくにはおべっかが大事なようだ」

安本は苦笑して、

「それでも、このまま続けていけば勘定吟味役になれるかもしれない。だが」

と、続けた。

「じつは、わしは早く隠居したいのだ」

「隠居？」

「わしが今楽しいのは、土をいじっているときだ」

「土?」

「畑だ。今、屋敷の庭では芋(いも)や大根、ナスなどが採れる」

「それほど熱心なのは知りませんでした」

剣一郎は感嘆した。

「真下先生も土いじりが楽しいと仰(おつしや)っていた」

「ええ。私が訪ねたときもいつも畑仕事をしていました」

「土を掘れば小さなミミズや幼虫が見つかり、土の中にはたくさんの生き物が住んでいることがわかる。土は生き物にとっては命の源だ。生き物の糞(ふん)や死骸(しがい)はやがて土になる。作物はその土の養分を吸って生長する」

安本はまるで子どものように目を輝かせた。

「土を耕し、種をまき、生長した作物を収穫する。これこそ至上の喜び。土は我が友だ」

剣一郎は微笑ましく安本の土いじりに対する思い入れを聞いていたが、ふと胸に暗いものが萌(きざ)した。

安本は勘定所勤務に疲れているのではないか。人間関係に嫌気が差していて、土に逃げ場を求めているのかもしれない。

実直で生真面目な安本は賄賂が横行し、それをもらうのが当たり前のようになっている職場では居心地が悪いのかもしれない。

「善一郎(ぜんいちろう)どのはお幾つに」

「二十二だ」

善一郎は安本の子息だ。といっても実子ではない。

安本夫妻は子宝に恵まれず、十年ほど前に親戚の子を養子に迎えた。

「善一郎にとっても早く家督(かとく)を継いだほうがいいと思ってな。わしも真下先生のように土いじりをしながら余生を過ごしたいと思っている」

「妻女どのは？」

「賛成してくれている」

「そうですか」

まだ隠居するには早い気がしたが、安本の決意は固いようだった。

「そろそろお暇(いとま)いたす」

ふいに安本が言った。

「せっかくですから、夕餉(ゆうげ)でも」

「ありがたいが、また今度にしよう。急に押しかけてすまなかった」

「いえ、お会いできてうれしゅうございました」

「わしもだ」

安本は立ち上がった。

外はもう真っ暗だった。

玄関を出たところで、

「誰かに送らせましょうか」

と、剣一郎はきいた。

「いや、だいじょうぶだ」

「最近、辻斬(つじぎ)りが出没しています」

ふた月前からだ。

最初は小川町(おがわまち)の屋敷地で、近くの大名家に奉公する中間(ちゅうげん)が屋敷に戻る途中、悲鳴を聞いた。駆けつけると、武士が倒れており、覆面をした黒の着流しの大柄な侍が悠然(ゆうぜん)と去っていく姿を目にした。

武士は正面から顔面を真っ二つに斬られて死んでいた。その後、南町(みなみまち)の定町(じょうまち)廻り同心植村京之進(うえむらきょうのしん)が駆けつけたが、武士同士の決闘であろうということで、深い探索は出来なかった。

京之進は立ち去った覆面の侍の目撃者を探した。仕事帰りの職人が昌平橋で黒の着流しの大柄な侍とすれ違ったが、辻斬りかどうかわからない。結局、目ぼしい手掛かりはなかった。

その後、殺された武士の屋敷の留守居役から奉行所に、家臣間でのいざこざはなかったと言ってきた。

それからひと月後、湯島の切通しで、やはり顔面を真っ二つに裂かれて死んでいる武士が見つかった。本郷にある旗本の家来だった。

殺されたふたりに繋がりはなかった。そして、五日前、今度は柳原の土手、和泉橋の袂で、御家人が同じように顔面を真っ二つにされて殺された。

これによって、辻斬りの可能性が高くなった。顔面を真っ二つにするほどの技量の持ち主で、狙う相手は手応えのある侍だ。

「犠牲になったのは侍ばかりです。辻斬りは強い者を斬ることに喜びを得ているのではないかと思われます」

「まだ辻斬りを重ねそうなのか」

安本は鋭い目をした。

「まだ続くでしょう」

「そうか。だが、わしもまだ剣には自信がある」

　安本は笑った。

「そうですね。でも、十分にお気をつけください」

「うむ。では」

　門まで見送って、剣一郎は居間に戻った。

「何か、御用でしたの？」

　多恵がきいた。

「隠居するらしい」

「隠居ですか」

　多恵は驚いてきく。

「隠居して、畑で野菜などを育てながらのんびり過ごしたいようだ」

「そうですか」

「うむ。土に対する思い入れが強いことに驚いた。おそらく、安本さまにとって今の職場は息苦しいものなのだろう」

　剣一郎は安本の心情に思いを馳(は)せた。

「確か、養子をおもらいになったのですよね」

「そう、親戚筋からだ」

善一郎がどのような若者に成長したか気になった。

さっきから多恵は庭を気にしていた。

「太助か。まだ来ないさ」

剣一郎は苦笑した。

「ええ、でも、なんとなく」

そう言い、多恵は障子を開けた。冷気が部屋に入り込んだ。

太助はある縁から剣一郎の手先として働いてくれるようになり、頻繁に八丁堀の屋敷にも顔を出している。多恵も明るい太助を気にいり、いつしか家族の一員のようになっていた。

太助は子どものときに親を亡くしている。ひとりで生きてきたが、ときには母が恋しくなり、悲嘆にくれることもあった。そんなときに、剣一郎に励まされたことがあり、そのことを恩誼に思っている。

猫の蚤取りを商売にしている太助は、いなくなった猫を捜すことも請け負っている。

「あら。太助さん」

多恵がいきなり弾んだ声を出した。

「なに、太助？」

剣一郎も障子の外を見た。

庭先に太助が立っていた。

「どうした、早く上がれ」

「ちょっと早すぎたかもと」

「何が早いものですか。寒いでしょう。さあ、上がって」

多恵が勧める。

太助は濡縁に上がり、部屋に入ってきた。

「ちょうどよかった。これからいっしょに夕餉をとろう」

「まだでございましたか」

「うむ、来客があってな。そうか」

剣一郎はふと気がついた。

「早く来ると、夕餉の心配をさせると思っているのではないか」

「まあ、そうなの。なんで、いつまでもそう水臭いの。さあ、向こうに行きましょう」

「こんなに甘えていいんでしょうか」

太助は遠慮がちに言う。

「太助はもう家族も同然だ。さあ、腹が空いた。行くぞ」

剣一郎は立ち上がり、太助を急かした。

「はい」

太助は大きな声で返事をした。

そんな太助を、多恵は目を細めて見ていた。

二

翌朝、奉行所に出仕して早々、剣一郎は宇野清左衛門に呼ばれ、年番方与力の部屋に行った。

部屋に入り、文机に向かっている清左衛門の背中に声をかけた。

「宇野さま」

「うむ」

文机の上の書類を片づけ、清左衛門は振り返った。

「長谷川(はせがわ)どのがお呼びだ」

「辻斬りの件でしょうか」

町の衆が犠牲になっているなら、奉行所ももっと早くに探索に乗り出していたが、これまで進んで動いてこなかった。

「おそらく、お奉行はご老中(ろうじゅう)から早くなんとかするように言われたのであろう。さあ、行ってみよう」

風烈廻り与力である剣一郎は、強風の日は配下の同心礒島源太郎(いそじまげんたろう)や大信田新吾(おおしだしんご)とともに市中を見廻る。強風の中で、一度出火すればたちまち火は燃え広がり、大火事になりかねない。

失火だけではない。付け火にも注意を払わなければならなかった。家の前に燃えやすいものが出ていたら、住人に片づけるように注意をし、不審な動きをする者には声をかける。

そういう役目なのだが、今度は辻斬りの件で特命が下るのかもしれない。

内(うち)与力の詰所(つめしょ)近くの小部屋で待っていると、長谷川四郎兵衛(しろべえ)が厳しい顔で入ってきた。

内与力はお奉行の股肱(ここう)の家来である。お奉行は自分の家来を十人ほど伴(ともな)って着任するのだ。

四郎兵衛はお奉行の威を借りて尊大に振る舞う。

だが、四郎兵衛も清左衛門には強気に出られない。奉行所内の一切を実質仕切っているのは年番方与力の宇野清左衛門であり、お奉行とて清左衛門の協力なくしては奉行職をなし遂げられない。

「じつは由々しき事態が起こった」

正面に腰を下ろすや、四郎兵衛がいきなり言った。

「なんでござろう」

清左衛門が応じた。

「じつは、旗本寄合席の的場重吾さまの屋敷から、三月前に刀剣雲切丸がなくなっていたそうだ。何者かに盗まれたのだ」

「由緒ある刀なのだな」

清左衛門がきく。

「二百年ほど昔に大和の刀工二代目正兼が鍛えた刀剣だ。信長公の頃より何人かの大名の手に渡ったが、その大名は皆非業の最期を遂げており、その後、雲切丸は行方不明になっていて、幻の名刀と言われていたという。的場どのの祖父が京に赴いたとき、裏通りにある小さな刀剣屋で目に留めて、買い求めたそうだ」

　四郎兵衛は説明をする。

「ところが、その祖父は雲切丸を手に入れたあと、家来や下男(げなん)をひと月の間にふたりも無礼打ちにした。的場どのの父は、温厚なひとがなぜと疑問を持ち、雲切丸を握ってみたところ、刀身は陽光を受けて妖(あや)しげな光を放ち、手が勝手に動くように感じられたという。それで、江戸の名高い刀剣屋に見てもらうと、妖刀(ようとう)雲切丸だと驚いたそうだ」

「まさか、そのようなことが」

　清左衛門は冷笑を浮かべ、

「それほど無気味なら手放せばよいものを」

　と、吐き捨てるように言う。

「いや、雲切丸を手放すと、持ち主に災いが起こる。そういう言い伝えもあるという。だから、土蔵の奥に仕舞い込んでいたそうだ」

「ばかな」

　清左衛門は一笑に付し、

「持ち主がみな不慮の死を遂げているというが、戦乱の世では討たれることは特別なことではない、強引なこじつけだ」

と、言い募（つの）った。

ふと、剣一郎は辻斬りのことが脳裏（のうり）を掠（かす）めた。

「長谷川さま」

剣一郎は口を入れた。

「今になって訴え出たというのは、ひょっとして今出没している辻斬りと関係が？」

「そうだ。的場さまは、雲切丸を手に入れた者が辻斬りを働いているのではないかと疑っておられるそうだ」

「なんと」

清左衛門も真顔になった。

「的場さまが先代から聞いた話では、あの刀を持つと妖気に包まれるらしい」

四郎兵衛は怯（おび）えたように言う。

妖気に包まれるというのは信じがたいが、雲切丸は切れ味をためしてみたくなるほどの出来映えの刀なのかもしれない。

「三月前に雲切丸を盗んだ男が辻斬りを働いているのかどうかはわからぬが、なんとしてでも雲切丸を取り返してもらいたいとのこと。もちろん、雲切丸のことは内密だ」

「青柳どのはどう思われる？」

清左衛門が顔を向けた。

「ありえない話ではないように思います。刀がひとの心を操るとは考えられませんが、業物の刀剣を手にした者が刀の謂れを知って、勝手な思い込みから殺戮を繰り返しているとも考えられます」

あくまでも、刀のせいではなく、持ち主の心の問題だと、剣一郎は言った。

「うむ」

清左衛門は唸った。

「もし、辻斬りが妖刀雲切丸のなせることだとしたら、殺戮はこの先も起こるはずだ。これ以上、辻斬りが続くことは奉行所の威信にも関わる」

四郎兵衛は激しく言い、

「青柳どのに頼るしかない」

と、清左衛門から剣一郎に顔を向けた。

「確かに、これまでは相手は武士だったが、町人に刃が向けられないとも限らぬ」

清左衛門も憤然とし、

「青柳どのの手を借りねばならぬ」

と、剣一郎に顔を向けた。

「承知いたしました」

剣一郎は答えてから、

「辻斬りについては、植村京之進ら町廻りが探索しています。私は雲切丸の行方を追います。そのためには的場家から雲切丸が盗まれた経緯を調べなければなりません。的場さまが協力してくださらないと」

と、四郎兵衛に確かめる。

「もちろんだ」

四郎兵衛は言った。

「的場家の用人木田伊平どのが応対してくれるとのこと」

「わかりました。さっそく、木田さまに会いに行きます」

「頼んだ」

四郎兵衛は安心したような顔をした。

昼過ぎ、剣一郎は草履取りを伴い、愛宕下にある的場重吾の屋敷を訪れた。

長屋門の大きな屋敷で、剣一郎は門番に用人木田伊平への面会を告げた。

すぐに案内されて、潜り門を入り、長い石畳を踏んで玄関に着いた。

若い侍が迎えに出ていた。

「どうぞ」

「失礼いたす」

剣一郎は式台に上がり、若い侍に刀を預け、客間に通された。

待つほどのこともなく、五十年配の白髪の目立つ武士がやってきた。

「用人の木田伊平でござる。青柳どのの名声は聞き及んでおる」

腰を下ろすや、木田が言った。

「恐れ入ります」

「長谷川どのにお話ししたとおり、土蔵より雲切丸が盗まれた」

木田は難しい顔で続ける。

「土蔵には具足や書物、あるいは衣類なども保管しており、それらとは別にしていた。当家も探索をしていたが、ついに見つけ出せず、そんなときに辻斬りが出没。我が殿は雲切丸が使われているのではないかと気にしており、そこで改めてお奉行に頼ろうと」

木田は経緯を話した。

「その雲切丸の言い伝えを、殿さまや木田さまは信じていらっしゃるのでしょうか」

剣一郎はまず確かめた。

「信じざるを得ない」

木田は真顔で、

「長谷川どのにも話したが、刀を買い求めた先々代はその後、ふたりの奉公人を雲切丸にて手打ちにしている。先々代は自分のしたことに驚き、刀を処分しようとしたが、刀剣商から聞いたもうひとつの言い伝えを気にして、桐の箱に納めて封印し、土蔵の奥に仕舞っておくことにした。それ以来、封印は切っていない。このことは先々代から先代に、そして当代に。私ども木田家も代々用人を務めておるが、この話は聞かされてきた」

「土蔵に封印されたのは先々代のときですね」

剣一郎はきいた。

「さよう」

「では、今の殿さまはその刀を直(じか)に見ていないのですね」

「見ていない。もちろん、私も」

「なぜ、刀が盗まれたとわかったのですか」

「三月前、盗人(ぬすっと)が入った。夜中に警護の侍が土蔵の前で黒装束の盗人を見つけ、騒ぎになった。しかし、盗人はそのまま塀を乗り越えて逃走。警護の侍は盗人が布に包まれた刀のようなものを持っていたのを見たのだ。それで、土蔵に入って確かめたところ、錠前(じょうまえ)が破られ雲切丸が納まった桐の箱の封印が切られていた」

　木田はため息混じりに言う。

「なぜすぐに、奉行所に届けなかったのでしょうか」

「他に盗まれたものはなかった。雲切丸だけだったので、当家で密(ひそ)かに盗人を捜すことにしたのだ」

「捜し出せると思ったのですか」

「警護の者は逃げる盗人に小柄(こづか)を投げて、左の二の腕に突き刺さったという。盗人はそのまま逃げたが、左腕を怪我(けが)している。そのことを手掛かりに、医者を巡り……」

「無理でしょう」

剣一郎は首を振り、

「江戸に医者と名乗る人物は何人もおります。それに、奉行所の人間でない者に、患者のことは教えないでしょう」

「そのとおり。結局、わからず仕舞いだった」

木田が呟（つぶや）くように言ったが、どこか他人事のように感じられた。

「木田さま」

剣一郎は鋭く口を開いた。

「ほんとうは、やっかいな物がなくなって助かったと思ったのではありませんか」

「そんなことはない」

木田はあわてた。

「最前、いみじくも仰った。他に盗まれたものはなく、雲切丸だけだったので、当家で密かに盗人を捜すことにしたと。もし、他に盗まれたものがあったら、奉行所に訴えていたのでは？」

「…………」

木田は大きくため息をつき、

「さすが、青柳どのの目はごまかせそうにもないな」

と、苦笑した。

「じつはそうだ。やっかい払いが出来たとかえって喜んだぐらいだった」

「それなのに、なぜ今になって？」

「辻斬りだ」

「どうして、辻斬りが雲切丸を使っていると思われたのですか」

「それは……」

「木田さま。なんでも仰っていただけませんか。どんな些細なことでも」

剣一郎は促す。

「わかった」

木田は頷き、

「じつは殿が辻斬りの夢を見たそうだ」

「夢？」

「最近、殿が体調を崩されて、高熱を出して寝ているとき、辻斬りが雲切丸を振りかざしている夢を見たのだ」

「…………」

「体調を崩したのは雲切丸を失った祟りではないかと、殿は気にしだして」

木田は苦しそうに顔を歪めた。

「そういうわけでしたか」

剣一郎は納得して、

「で、殿さまは雲切丸を取り返して、どうなさるおつもりで？」

「どこぞのお寺に納め、供養してもらうつもりのようだ」

「わかりました。ところで、盗人を見たという警護のお侍に引き合わせていただきたいのですが」

「探索に、その者が協力いたす。霧島宗次郎と申す。今、呼ぶ」

木田は手を叩いた。

すぐに、二十七、八歳の侍が部屋に入ってきた。廊下で控えていたようだ。

「霧島宗次郎です。よろしくお願いいたします」

霧島は浅黒く、精悍な男だった。

「こちらこそ、痛み入る」

「唯一、盗人と顔を合わせた者だ」

木田が説明する。

「賊は頬被りをしていましたので顔はわかりませんが、体つきなどははっきり覚えています。小柄で細身の男でした」

「さっそく、調べに入りたいのですが」

剣一郎は木田に言う。

「頼む。ご案内するように」

木田は剣一郎から霧島に顔を向けた。

「はっ」

霧島は頭を下げ、腰を上げた。


剣一郎は霧島の案内で、広い庭の北側にある土蔵の前に立った。

「私が見廻ったのは夜の九つ（午前零時）です」

霧島が口を開いた。

「土蔵の前に怪しいひと影を見つけ、駆け寄りました。月明かりで、黒い布で頬被りをし、着物を尻端折り（しりばしょ）した男が布に包まれた長いものを手に持っているのがわかりました。賊は私に気づくと、素早い動きで塀に向かって逃げました。追いつけないと思い、塀に乗り移ったところに小柄を投げたのです。それが左腕に命中しました」

霧島は興奮して話した。

「どこから投げたのだ？」

剣一郎が訊くと、植込みに入った辺りに行き、

「ここからです」

と、霧島は言った。

「だいぶ離れているな。よく命中させた」

剣一郎は讃えた。

「はい」

だいぶ距離があり、賊の左腕に刺さったときには勢いをなくしていただろう。医者を訪ね歩いたというが、賊は医者にかかっていないかもしれない。

いずれにしろ、三月経っており、賊の傷はもう治っているはずだ。

剣一郎は塀のそばまで行った。

「賊はここから出入りしたのだな」

「そうです。身の軽い男でした」

「男というのは確かか」

「えっ？」

霧島は怪訝な顔をした。

「相手は頬被りをしていたのだな。小柄で細身だったそうではないか。月明かりの下とはいえ、追いつけないほど離れていた。それで、賊が男だとわかったのか」

「…………」

霧島は唖然としていた。

「最初から男だと思い込んでいたのではないか」

「ええ、でも」

「でも、何か」

「動きが……」

「動きが女とは思えなかったか」

「はい」

「女の盗人は、普段の女性のように楚々として、内股で走ると思うか」

「いいえ」

「そなたは左腕に怪我をした男を捜して医者をきき回ったということだが、それが女だったら？」

「どの医者もそんな男はいないと……」

霧島の声が小さくなった。

「そうだ。賊が女だったら見当違いな調べをしていることになる」

「じゃあ、あの賊は女だったのでしょうか」

「いや、わからぬ」

剣一郎は首を振り、

「が、わしはそなたの直感を信じよう。ためらわずに男と思ったのだ。それが正しいと思う」

と、付け加えた。

「でも、医者には？」

「医者に行かずに傷を治したとも考えられる。浅手だったのかもしれない。あるいは、医者が嘘をついたかもしれぬ。お上の御用を預かる者の聞き込みなら、答えは違ったかもしれない」

「…………」

「霧島どの。わしが何を言いたいかわかるか。先入観で、ものを見てはだめだということだ」

「はい」

「それから真相を探るためには、考えられることはひとつひとつ潰していかねばならない。思い込みはならぬ」

「肝に銘じて」

霧島は目を輝かせて言った。

「よし。では、初めから盗人について考えてみよう」

剣一郎は深呼吸をし、

「盗人は刀剣の雲切丸だけを盗んでいったことに間違いないか」

と、きいた。

「相違ありません」

「すると、盗人は最初から雲切丸を狙っていたことになるが、どうして雲切丸がこの屋敷にあるとわかったのか」

「そのことは不思議でした」

霧島は素直に応じた。

「雲切丸だと知らずに、たまたま盗んだのが雲切丸だったとはとうてい考えられない。ついでに盗んだのではなく、最初から狙っていたようだ」

剣一郎は続ける。

「いずれにしろ、的場家に雲切丸があることを知っていた者の仕業だ。盗人が誰かから聞いたか、あるいは何者かが盗ませたか」

「知っている者というと……」

霧島は首を傾げ、

「刀剣屋しか思い浮かびませんが」

と、呟く。

「他にいないか」

「さあ」

「この屋敷にいるではないか」

「えっ」

「まず、殿さま。そして、用人の木田さま……」

「…………」

霧島は唖然としている。

「その他にもいるかもしれぬ」

「そんなはずありません。殿や用人さまが……」

「考えられることはすべて洗い出しておくのだ。たとえば、殿さまは酒席などでぽろりと妖刀の話をしたことはないか。それは用人さまにも言える。その話を聞いた者が好奇心からその刀を欲しがり、盗ませた。こういう考えもあり得るだろう」

「まさか」

「あるいは、家来の中にも土蔵にある封印された刀のことを、外で誰かに漏らした者がいるとも考えられる。よいか、そなたはこの屋敷から雲切丸のことが外に漏れたかどうかを探るのだ」

「わかりました」

「わしは盗人を捜す」

「はい」

剣一郎は的場の屋敷をあとにした。

三

剣一郎は南伝馬町二丁目にある刀剣屋の『剣屋』を訪ねた。

七代目の主人亀太郎は三十三歳とまだ若い。目尻がつり上がり、鼻が鋭く高い。

店座敷の上がり框に腰を下ろし、

「つかぬことを尋ねる」

と、剣一郎は口を開いた。

「旗本的場家の先々代が、大和の刀工二代目正兼が鍛えた刀剣の鑑定を依頼したそうだが、伝え聞いていないか」

「正兼の刀ですか」

亀太郎は眉を寄せ、

「なぜ、そのようなことを？」

「その刀が妖刀雲切丸だと聞いた。それを確かめたいのだ」

「雲切丸のことは的場さまからお聞きに？」

「そうだ」

「そうですか。わかりました。お話しいたします」

亀太郎は語りだした。

「先々代は、的場さまから鑑定を依頼された刀剣が雲切丸だとわかり、驚いたそうです。長い間、その所在がわからず、幻の刀でしたから。的場さまは京の裏通りの小さな刀剣屋で目に留めて買い求めたそうですが、その刀剣屋も雲切丸だと知らなかったのでしょう」

「なぜ、妖刀と謂われるのか、そのわけを知っているか」

剣一郎はきく。

「はい。雲切丸にまつわる話はいろいろありますが、いずれももっともらしい言い伝えです。しかし、雲切丸は切れ味が鋭く、柄を握るとためしてみたくなるほどの刀なのでしょう。持ち主の心の持ちようだと思います」

「雲切丸が旗本的場家にあることを知っている者は他にいるか」

剣一郎はきいた。

「いえ、いないはずです。先代も先々代から雲切丸のことを伝えられましたが、絶対に他言無用と厳命されたそうです」

「なぜ、他言無用と厳命しながら代々語り継いでいるのか?」

「いつか、的場さまは雲切丸を手放すはず。そのとき、手に入れるようにというのが先々代の願い」

「雲切丸を手に入れてどうするのだ? 高く売るのか」

「それが商売でございますから」

亀太郎はふと真顔になり、

「なぜ、今になって、雲切丸のことが? ひょっとして、的場さまは手放そうと?」

と、鋭い目を向けた。

「いや、そうではない」

盗まれたことを口にすべきか迷ったが、喉の奥に呑み込んだ。単に盗まれただけなら、刀剣屋仲間に伝わったほうが捜し出しやすいだろうが、辻斬りに使われたかもしれないのだ。

へたに騒がないほうがいいと剣一郎は思った。

「もう一度きくが、雲切丸が的場家にあることを知っているという人物はいないのだな」

「はい」

亀太郎は頷(うなず)いた。

「邪魔をした」

剣一郎は立ち上がり、『剣屋』を出た。


翌朝、奉行所の年寄(としより)同心詰所に植村京之進ら定町廻り同心や臨時廻り同心を呼び集めた。

宇野清左衛門も同席し、剣一郎がまず口を開いた。

「辻斬りは小川町の屋敷地、湯島の切通し、柳原の土手に出没したが、今後、他の土地に現われるかもしれない。そこで、全員に状況を把握してもらいたく、集まってもらった」

「まだ、辻斬りは続きましょうか」

臨時廻りの同心がきいた。

「続くはずだ」

剣一郎は言い切った。

一同の顔に緊張が走った。

「これまでにわかったことを皆に話してもらいたい」

剣一郎は小川町の屋敷地、柳原の土手の二件で探索に当たっている京之進に言った。

「はっ」

京之進は一同に頭を下げてから口を開いた。

「辻斬りは三件とも、黒の着流しに覆面をしていました。辻斬りを見かけた中間の話では、大柄で、がっしりした体つきの男で、かなり落ちついていたそうです」

京之進はさらに、

「辻斬りを働くのは夜の六つ半（午後七時）から五つ（午後八時）の間。まだ、ひと通りがある頃です。犯行後、あわてて逃げたりしていません。途中で、覆面を脱ぎ、着物を裏返しにするなどして、近くの盛り場の人込みに混じって堂々と去っていったと思われます」

と、辻斬りの大胆不敵さを驚嘆するように言う。

「辻斬りに遭った三人に共通するものはなかったのだな」

剣一郎は確かめる。

「はい、侍というだけで、三人に繋がりはありません」

「何か、その他にわかったことは？」

「辻斬りの特徴に似たふたりの武士に目をつけました」

「ふたり？」

「はい。ひとりは、本所南割下水の御家人の角谷松之助、もうひとりは下谷七軒町に住む御家人の笹村又三郎です。他に幾人か浮かびましたが、辻斬りのあった日時に、他の人といっしょだったり、確かな証がありました」

　京之進は説明する。

「なぜ、このふたりが浮かび上がったのか」

「小普請の侍に目をつけたところ、大柄で、がっしりした体つきという特徴が角谷松之助に該当しました。剣の腕も立つようです。そして、夜な夜な外出しています。何度か尾行しましたが、いつも当てもなく歩き回っています。ところが、一刻（二時間）ほど歩いて何もせず引き上げていきます」

　京之進は息継ぎをし、

「夜の町を歩き回っている理由に見当がつきません」

　と、付け加えた。

「それから、手下が角谷松之助のあとをつけていたとき、神田明神から神田佐久間町を通って三味線堀に差しかかったところで、黒の着流しの大柄な武士が通り掛かったのです。それで、別の手下にその侍のあとをつけさせました。それが下谷七軒町に住む御家人の笹村又三郎でした。出入りの小間物屋にきいたところ、笹村又三郎は居合の達人だそうです。ちなみに、やはりときたま夜に外出しているようです」

「辻斬りを御家人と考えた根拠は？」

剣一郎はきく。

「相手を斬るだけで何も盗んでいません。浪人であれば、辻強盗をするのではないかと」

京之進は言い切ったが、

「手掛かりが乏しく、角谷松之助か笹村又三郎が辻斬りだとは決めつけられません。ともかく辻斬りを働くところを押さえない限りは……」

と、ため息をついた。

「状況はわかった」

剣一郎は大きく頷いてから、

「じつは昨日、辻斬りに絡んでいるかどうかわからないが、旗本の的場重吾さまから意外な申し入れがあった」

と、切り出した。

「三月前の夜、的場さまの屋敷に盗人が入った。警護の侍が土蔵の前で黒装束の人物を見つけたが、逃げられた。土蔵から桐の箱に入れて保管していた刀剣雲切丸がなくなっていたのだ」

「名のある刀剣ですか」

京之進が不審そうな顔をした。

「ただの名刀ではない」

剣一郎はさらに続ける。

「何人かの大名の手に渡ったが、その大名たちは皆非業の最期を遂げており、その後の持ち主らも数々の変事に見舞われ、妖刀と呼ばれるようになった。その後、雲切丸は行方不明になっていたが、的場さまの祖父が京に赴いたとき、裏通りにある小さな刀剣屋で目に留めて、買い求めたそうだ」

剣一郎は妖刀雲切丸について話をし、

「その雲切丸が辻斬りの手に渡ったのではないかと思われる」

と、想像を口にした。

「辻斬りは雲切丸を使っているのですか」

別の同心が目を剝いてきいた。

「おそらく」

「刀の魔力に吸い寄せられて、ひとを斬っているのでしょうか」

「世に妖刀などあるはずがない。が、見事な反りの刃を見ていて、ひとを斬りたいという誘惑に駆られたのかもしれぬ。そういう意味では、刀の魔力に吸い寄せられてひとを斬っているとも言える」

剣一郎は言い切り、さらに続けた。

「そうだとしたら、これからも辻斬りは続く」

「盗人は雲切丸と知らず、たまたま盗んだのでしょうか」

京之進がきいた。

「盗人は、雲切丸しか盗んでいない。はじめから妖刀雲切丸を狙っていたようだ。つまり、的場家の土蔵に雲切丸があることを知っていたのだ」

剣一郎は一同の顔を見回し、

「問題は、どうしてそれを知ったのかだ」

と、口にする。

「的場家の土蔵に雲切丸があることを知っているのは、的場家の者。そして、刀剣屋『剣屋』だ。おそらく、そこの誰かから漏れたのかもしれない。あるいは、盗人の一味であることも考えられる。たとえば、『剣屋』だ。妖刀雲切丸を高値で欲しがる客がいて、盗ませた……。あるいは、的場家の家中の者だ。いつまでも妖刀を保管していることに不安を覚え、盗まれたと装って始末しようとした。だが、思いもよらず、辻斬りの手に渡ってしまったというわけだ」

剣一郎は厳しい顔で、

「京之進が目をつけた角谷松之助か笹村又三郎のいずれかが雲切丸を持っていたら、辻斬りの証として見ていいかもしれぬ」

辻斬りと妖刀雲切丸がまったく関係ないということも考えられるが、剣一郎は酷(ひど)い斬られ方から見て、辻斬りは妖刀雲切丸を使ったと見ている。

「もし、角谷松之助か笹村又三郎が辻斬りだとしたら、盗人から妖刀雲切丸を受け取ったことになる。あるいは、盗ませたか」

剣一郎はこのふたりと的場家の関係を調べる必要があると思った。さらに言えば、『剣屋』との繋がりだ。

「このふたりと『剣屋』の関係を調べるのだ。的場家については霧島宗次郎という家来に調べてもらう。それから、的場家に入った盗人のことだ」

剣一郎は間を置き、

「盗人は身が軽く、さらに土蔵の錠前を破っている。これだけのことが出来る盗人は何人もいまい。今までも、錠前破りをしているはずだ」

「土蔵の辰と呼ばれた錠前破りの名人がおりました。五年前から盗みをしていないようですが、辰には何人か弟子がいました」

京之進が口をはさんだ。

「土蔵の辰か。話に聞いたことがある」

剣一郎は呟き、

「土蔵の辰の居場所はわかるか」

と、きいた。

「病に罹り、おせんという女の家の離れで養生している男がいます。この男は島吉と名乗っていますが、辰ではないかと睨んでいます」

本所・深川を受け持っている同心が答える。

「なぜ、そう思うのだ?」

「はい。おせんは元は掏摸でしたが、七年前に深川の冬木町で『おせん』という呑み屋をはじめました。土蔵の辰の情婦だという噂がありましたが、確かな証はわからず仕舞いでした。ところが、三年前から離れに年寄りが住みだしました。おせんにきいたら、島吉といって自分の父親の親友だと言います。島吉にも会いましたが、土蔵の辰であることを否定しました。しかし、私は辰だと思っています」

「私も島吉に会いに行ったことがあります。ずっとしらを切り通していましたが、土蔵の辰だと思いました」

京之進も証がなく、追及することは出来なかったと言い、

「辰なら盗人のことがわかるかもしれませんが、喋ってくれるかどうかは」

と、悲観的になった。

「わしが会ってみよう」

剣一郎は言ってから、

「用心してもらいたいのは辻斬りと出くわしたときだ。辻斬りはかなり腕が立つ。心して、対峙するように」

と、注意した。

「わかりました」

散会となって、同心たちが部屋を出て行ったあと、清左衛門が剣一郎にきいた。

「的場さまがやっかいな雲切丸を盗ませた可能性があるのか」

「それも考えられるというだけのことです。しかし……」

「気になることが？」

清左衛門は不安そうにきいた。

「一つだけ。三月前に盗まれたのを、今になって訴えたことがひっかかるのです」

「しかし、それは辻斬りに使われたと心配になったからではないか」

「そうなんですが、辻斬りが現われてひと月余り経っています。三人の犠牲者が出たあとです。なぜ、もっと前に言わなかったのか」

「三人もの犠牲者が出て、はじめて雲切丸が使われたのではないかと思ったのだろう」

「そうですね」

剣一郎はなんとなくすっきりしなかった。

四

その日の昼過ぎに、剣一郎は愛宕下にある的場重吾の屋敷を訪れた。

門に連（つら）なる長屋の霧島宗次郎の部屋に入った。二間あるが、きれいに整頓されていた。

「どうぞ、お座りください」

霧島が言い、自分も腰を下ろした。

「霧島どのは的場家にはいつから？」

剣一郎はきいた。

「五年前からです」

霧島は答え、

「私は御家人の次男でして、思うような養子先もなく、的場さまの家来になることに。部屋住みは苦しいものです」

と、自嘲ぎみに言った。

「ここでの暮らしはいかがか」

「先のことを考えると不安になりますが、よくしていただいておりますので贅沢は言えません」

霧島は苦笑した。

「さっそくだが、屋敷内で何かわかったことは？」

剣一郎はきいた。

「まず、奉公人から事情をきいてみました。中間や下男、そして女中など、まったく雲切丸のことを知りませんでした。外に漏れたとしたら家来からだと思い、ひとりずつ聞き込んでみましたが、不審な者はいませんでした。やはり、この屋敷の者が知らせたのではありません」

「用人の木田さまはいかがか」

「用人さまですか」

霧島は驚いたようにきき返す。

「用人さまは外のひとたちとの接触が多い。その中の誰かに話したのかもしれぬ。いや、的場家にとって雲切丸は大いなるやっかいな物。木田さまが御家のためを思って……」

剣一郎はさらに、

「この考えでいけば、殿さまにも言える」

「そこまでは調べられません」

霧島はかぶりを振った。

「そうであろうな」

剣一郎は頷きながら、

「ところで、なぜ、三月前に盗まれたときに訴えず、今になって奉行所に協力をもとめたのか。確か、辻斬りの件があったからだという説明だったが」

と、口にした。

「そのことで何かご不審でも」

「いや。ただ、雲切丸の盗難と辻斬りを、どうして結びつけたのかと思ってな。まったく関係ないかもしれぬではないか。仮にそう思ったとしても、盗まれたものが勝手に使われたのだ。傍観(ぼうかん)していてもよかったが、それをしなかったのはなぜか」

「…………」

「このことを確かめたい。木田さまを呼んでいただけぬか」

剣一郎は頼んだ。

「わかりました。ご都合をきいて参ります」

霧島は長屋を出て行った。

白髪の目立つ木田が霧島と共にやってきた。

「青柳どの、ご苦労でござる。して、なにやら尋ねたいことがあるようだが」

木田が目の前に座った。

「今回、なぜ、奉行所に雲切丸の探索の願いを申し入れたのか、そのわけをもう一度、お伺いしたいのですが」

剣一郎は切り出す。

「それは、雲切丸が辻斬りに使用されているなら由々(ゆゆ)しきことゆえ」

「しかし、辻斬りが雲切丸を使ったかどうかはわかりません。まったく、関係ないかもしれないのです」

「それは、あとで辻斬りが捕まって、使っていた刀が雲切丸だとわかったとき、当家にとって……」

「何か、困ることがあるでしょうか」

剣一郎は迫った。

「…………」

「盗まれた刀がひと殺しに使われるとは想像出来なかったはずです」

「だが、妖刀だ。雲切丸を手にした者に何かが乗り移って無謀な真似(まね)をするかもしれないと」

「ならば、三月前に盗まれた時点で奉行所に訴えるべきだったのでは？」

「いや、そのときはそこまで思い至らなかった。現実に辻斬りが起きてはじめて……」

「木田さま」

剣一郎は相手の声を遮(さえぎ)った。

「雲切丸を捜すためにはどんな些細な手掛かりも必要なのです。どうか、ほんとうのことをお話し願えませぬか」

「………」

「青柳さま。ほんとうのこととは」

霧島が驚いて口を入れた。

「木田さま」

剣一郎は迫る。

「うむ」

木田はため息をつき、

「じつは、つい先日、ある御方から殿に申し入れがあった。妖刀と呼ばれている雲切丸を譲ってもらいたいと」

と、打ち明けた。

「その御方とは？」

「勘弁していただこう。迷惑がかかっては困る」

木田は顔をしかめて言った。

「しかし、雲切丸を捜すためです」

「いや、その御方が盗人を使って盗ませたということはない」

「なぜですか」

「今からふた月後に、お譲りすることになっているからだ」

「なぜ、ふた月後に？」

「正月に、その御方のお屋敷で、酒宴が開かれるそうだ。その席で、雲切丸を披露したいという」

「その申し入れがあったとき、雲切丸は盗まれて手元になかったのです。どうして、正直に盗まれたと言わなかったのですか」

「殿は正直に話された。そうしたら、取り返すのだと。そして、こう仰った。南町の青柳剣一郎を頼れと」

木田ははっきり口にした。

「その御方が？」

剣一郎は唖然とした。

「そうだ。青柳どのなら必ず解決してくれると」

「………」

それは幕閣に連なる御方なのだろう。

「それで、盗まれてから三月も経っているので、辻斬りにこじつけて依頼を……」

木田は真剣な眼差しで打ち明けた。

「その御方は、的場さまが雲切丸を所持していると、誰から聞いたのでしょうか」

剣一郎は確かめた。

「殿だ」

「えっ、的場さまが？」

「その御方は刀剣に詳しく、以前何かの折りに、殿から雲切丸のことをきかれた。そのことを覚えていたのだ」

「そうでしたか」

それならば、的場家やある御方から漏れたとは考えづらい。

「失礼ですが、その御方は雲切丸を得る代わりに役職を与えるとでも仰ったのでは?」

木田は大きくため息をつき、

「やはり、青柳どのには隠し立て出来ぬ。そのとおりだ。やっかいな物が処分出来た上にお役に就(つ)ける。こんなうまい話はめったにない。どうか、お頼みいたす。なんとしてでも雲切丸を取り返してもらいたい」

と、深々と頭を下げた。

「どうぞ、お顔を上げてください。経緯はわかりました。他に何か話していないことはありませんか」

「ない」

木田ははっきり言ったあとで、あっと声を上げた。

「何か」

「四月(よつき)前の七月のはじめ、門前に網代笠(あじろがさ)によれよれの墨染め衣(ごろも)の乞食(こじき)坊主が立った。門番が、その乞食坊主が妙なことを言っているというので、わしが出て行った」

　木田は息継ぎをし、

「長い鬚(ひげ)を生やした、赤ら顔の異様な顔つきだった。その坊主がこう言った。土蔵の上に妖しげな影が浮かんでいた。何か邪悪なものが納まっていないかと」

「邪悪なものと言ったのですね」

「そうだ。それで、心当たりはないと言うと、ほんとうかと、しつこかった。こちらが否定しているにも拘(かかわ)らず、魔除けの祈禱(きとう)をさせていただけないかと言う。だんだん薄気味悪くなって、土蔵の前で祈禱するだけだというので、それを許した」

「祈禱をさせたのですか」

「そうだ。四半刻(しはんとき)(三十分)もかからなかった」

　木田は目を細めて思いだしたように、

「祈禱してもらって、なんとなく安堵(あんど)したことを覚えている」

と、口にした。

「それが七月ですね。そして、雲切丸が盗まれたのが翌八月」

「何か」

木田の表情が変わった。

「祈禱をしているとき、木田さまはそばについていたのですか」

「庭とはいえ、怪しい者を屋敷内に入れるのだから、妙な動きをしまいか見張っていた」

木田は不安そうに答える。

「祈禱の声を聞いていたのですね」

「ああ。だが、小さな声だったので、よく聞き取れなかった。青柳どの」

木田は耐えきれぬように、

「まさか、その乞食坊主は盗人の仲間……」

と、きいた。

「ええ。その乞食坊主は雲切丸が的場家にあるのを知っていて門前に立ったのではないでしょうか。そして、土蔵の前で祈禱が許されたことで、雲切丸が土蔵にあると確かめたのではないかと」

「なんと」

木田は唇を嚙(か)んだ。

「その乞食坊主は当家に雲切丸があることをどうして知ったのか」

木田は疑問を口にした。

「誰かからきいたのでしょう」

剣一郎は呟いてから、

「しかし、今のお話は大きな手掛かりになるかもしれません」

と、手応えを感じて言った。

「ところで、念のためにお伺いするのですが、本所南割下水の御家人の角谷松之助という男に心当たりはありませんか」

「いや」

木田は答え、霧島も知らないと言った。

「では、下谷七軒町に住む御家人の笹村又三郎は？」

「知らない」

ふたりとも首を振った。

「わかりました」

剣一郎は立ち上がった。

愛宕下から深川の冬木町に行った。

錠前破りの親分ではと疑いのある島吉のことを探るためだ。

西の空が紅く染まってきた。冬木町の『おせん』という呑み屋は、仙台堀(せんだいぼり)に面していてすぐわかった。

戸は開いていたが、まだ暖簾(のれん)はかかっていなかった。

剣一郎が戸口に立つと、店の中から雑巾を持った女が出てきた。三十過ぎの額(ひたい)の広い女だ。

「まだなんですよ」

「いや、客ではない。離れにいる者に会いに来た」

剣一郎は編笠をとった。

「青柳さま」

左頬の青痣に気づいたようだ。

「女将(おかみ)のおせんか」

「はい」

「離れにはそなたの父親の親友である島吉という男がいるそうだな。島吉に会いたい」

「ご案内します」

「いや、場所を教えてくれれば勝手に行く」

「では、どうぞ、こちらに」

おせんはいったん店を出て裏にまわった。

裏木戸から離れに向かう。

離れの濡縁の前に立ち、

「島吉さん」

と、おせんは声をかけた。

障子が開いて、小柄な年寄りが顔を出した。頬の肉が落ちて、瘦(や)せていた。

「青柳さまだよ。島吉さんに会いたいそうよ」

おせんは言った。

島吉は目をしょぼつかせて剣一郎を見た。

「南町の青柳剣一郎だ。ちょっと話がしたい」

濡縁に近づいて、話しかける。

「では、私は」

おせんは引き上げた。

「どうぞ、お上がりを」

「いや、ここでいい」

刀を腰から外し、剣一郎は濡縁に腰かけた。

島吉も濡縁に腰を下ろした。

「体のほうはどうだ？」

「へえ。寝たり起きたりですが、なんとか」

「女将の父親の親友だそうだな」

剣一郎はきいた。

「へえ」

「その父親は何の商売をやっていたんだ？」

「あっしと同じ鋳掛け屋です」

「同業者か」

「そうです」

「女将の父親はどうした？」

「ずいぶん前に亡くなりました。心ノ臓の発作です」

島吉は口にしてから、

「青柳さま、あっしに何か」

と、不安そうにきいた。

「じつは三月前、愛宕下にある旗本的場重吾さまの屋敷の土蔵に盗人が入り、刀剣が盗まれた」

「…………」

「盗人は塀を乗り越え、錠前を破って土蔵に侵入している。身が軽くて、錠前も破れる。そんな盗人はざらにはいまい」

「それがあっしに何か」

島吉が口を入れた。

「土蔵の辰と呼ばれた盗人を知らないか」

剣一郎は島吉の皺の浮いた顔を見る。

「とんでもない。あっしが知るわけありません」

「長年、鋳掛け屋として方々を歩いていれば、どこかで土蔵の辰の噂も耳に入ったのではないかと思ったのだが」

「いえ、聞いたことはありません」

「土蔵の辰は大名屋敷から旗本屋敷、そして豪商の屋敷の土蔵を専門に狙って、一度も捕まったことのない凄腕（すごうで）の盗人だ。今、四十代後半から五十代……」

島吉はなにか言おうとしたが、すぐ口を閉じた。

「土蔵の辰には弟子のような盗人が何人もいよう。弟子なら錠前破りも得意ではないかと思ってな」

剣一郎は勝手に土蔵の辰の話を続ける。

「的場家から刀剣を盗んだのは土蔵の辰ではない。その盗人は警護の侍に見つかり、小柄を投げられて左の二の腕に傷を負った。土蔵の辰なら、そんなどじは踏むまい」

「青柳さま。あっしにそんな話をされても……」

「まあ、いいではないか」

剣一郎は意に介さず続ける。

「じつは盗まれた刀というのは曰（いわ）くのある刀でな。妖刀雲切丸と呼ばれているのだ」

「…………」

「大和の刀工二代目正兼が鍛えた刀剣だ。的場さまの祖父が京に行ったとき、裏通りにある小さな刀剣屋で買い求めたという。妖しい刀身の光沢に魅入られて、その刀を持った者はひとを斬りたいという誘惑に襲われるようだ」

剣一郎は厳しい顔になり、

「その妖刀雲切丸を手にした侍が辻斬りを働いているかもしれないのだ」

島吉が息を呑むのがわかった。

「その刀を持っている限り、辻斬りは続き、犠牲者はさらに増える。なんとしてでも、それを食い止めたいのだ。島吉」

剣一郎は呼び掛け、

「鋳掛け屋として歩き回っていたとき、どこかで土蔵の辰と接点を持ったのではないかと期待してきいているのだ」

剣一郎は島吉こそ土蔵の辰だと思っている。

だが、鋳掛け屋の島吉として説き伏せようとしている。

「わしの勘だが、そなたはどこかで土蔵の辰と出会っているはずだ。わしは土蔵の辰を捕まえることなど考えておらん。もはや、土蔵の辰は隠居しているようだ。今は堅気だ。ただ、土蔵の辰の智恵を借りたいのだ。妖刀雲切丸を盗んだ男を知りたい」

剣一郎は熱く語ったあと、

「島吉。もし、土蔵の辰に会うことがあったら、きいてみてくれぬか」

と、頼んだ。

「…………」

島吉は俯いている。

剣一郎は立ち上がり、

「また、近いうちに寄せてもらう」

と、声をかける。

島吉はじっと俯いたままだ。

剣一郎は離れを立ち去った。

五

その夜、剣一郎は屋敷の居間で、太助と向かい合っていた。

「……災いを招く妖刀など、ほんとうにあるのですか」

太助は眉をひそめてきいた。

辻斬りから妖刀雲切丸の話題になっていた。

「いや、あり得ぬ。持ち主が皆非業の最期を遂げているというが、戦国の世では討たれることは特別なことではない。皆、あとからのこじつけに過ぎん。だが」

剣一郎は厳しい顔で、

「鋭利で、光沢のある刀身。柄を握れば、ずしりとした重さだそうだ。そんな刀身を眺めて、心に落ち着きを得る者もいるだろうし、ひとによっては邪心が芽生えてくるかもしれない」

「雲切丸を持った者の心の有り様ですね」

太助は頷く。

「そうだ。雲切丸を持った者は邪悪な考えに囚(とら)われる。だから、妖刀なのだろう」

「あっしも町で、大柄でがっしりした侍を見かけたらあとをつけてみます」

「昼間から辻斬りは出ない」

「そうですね」

「仮に、夜になってそういう侍に出会っても、あとをつけたりしてはならぬ。危険だ」

剣一郎は注意をした。

「わかりました」

「おまえさま」

多恵があわただしく襖(ふすま)を開けた。

「京之進どのの使いが」

「なに、使いだと？」

不安を覚え、急いで玄関に出た。

京之進が手札(てふだ)を与えている岡(おか)っ引(ぴ)きの手下が待っていた。

「青柳さま。浜町堀(はまちょうぼり)で侍が斬られて死んでいました。辻斬りが出たようです」

「よし、すぐ行く。ごくろう」

剣一郎は部屋に戻り、着替えてから、太助といっしょに屋敷を出た。

浜町堀の潮見(しおみ)橋の上に野次馬が集まっていた。

剣一郎の姿を見て、京之進が迎えた。

「こちらです」

京之進が案内する。太助はそこに佇(たたず)んだ。

小者が提灯(ちょうちん)の明かりを照らす。若い侍が顔面を斬られて仰向(あおむ)けに倒れていた。刀は鞘に納まったままだ。刀を抜く間もなかったようだ。

「例の辻斬りか」

剣一郎は合掌して、亡骸を検めた。

やはり、一刀のもとに顔面から斬られていた。
二十二、三か。顔面は裂かれているが、細面で、眉が濃いことはわかった。
人生はこれからだというのに、と哀れんだ。

「ホトケの身元は？」

剣一郎はきいた。

「財布の中に身元を示すものはありませんでした。さっき、辻番所の番人にも見てもらいましたが、この付近では見かけぬ顔だそうです」

京之進は立ち上がって、おやという顔をした。

「あれは」

「どうした？」

「橋の上に」

剣一郎は橋の上に目をやった。すると、大柄な武士が体の向きを変えた。

京之進が追いかけようとしたが、すでに武士の姿はなかった。

「暗いので顔ははっきり見えませんでしたが、ひょっとして角谷松之助かと」

「毎夜、外出しているという御家人か」

「はい。でも、辻斬りだとしたら現場に戻ってはこないでしょう」

京之進は自分で否定した。

すでに、角谷らしい侍は姿を消していた。

角谷が辻斬りならば、現場に戻ってきたことになる。何かの都合で、様子を見にきたのかもしれないとも考えた。

だが、角谷松之助とはっきりしたわけではない。

小者たちが提灯の明かりをかざして辺りを調べている。手掛かりになりそうなものが落ちていないとも限らない。

ホトケの身元がわからず、亡骸は南町奉行所に運ぶことになった。


翌朝、屋敷に太助がやってきた。

庭先に立ち、

「昨夜(ゆうべ)、野次馬の中に大柄でがっしりした体格の侍がいたので、あとをつけました」

「そうか。昨夜、捜してもいなかったのでどうしたのかと心配した」

「すみません。それで、その侍は本所南割下水の屋敷に帰って行きました。辻番所の番人にきいたら、角谷松之助さまだと」

「なに、角谷松之助だと」

京之進が言っていたとおりだ。

「太助、危険な真似はやめろと言ったはずだ」

「すみません」

太助は小さくなった。

「だが、よくやった」

「はい」

太助は相好を崩した。

「あとで案内してくれ」

「わかりました」

太助は元気よく応えた。


奉行所に出仕し、剣一郎は京之進を呼んだ。

京之進は与力部屋にすぐにやってきた。

「ホトケの身元はまだか」

「はい。まだです」

一夜明け、昨夜帰らなかったのを心配した家の者が奉行所に届け出てくるのを待つしかないようだ。

「じつは昨夜、太助が、野次馬に混じっていた大柄でがっしりした体格の侍のあとをつけた」

「ほんとうですか。で、誰かわかったのですか」

京之進は勇んできいた。

「侍は南割下水の屋敷に入って行ったそうだ」

「では……」

「そうだ。角谷松之助だ」

「やはり」

京之進は顔色を変えた。

「待て、早まるな」

剣一郎は制し、

「それだけでは、角谷松之助が辻斬りだということにはならない」

　と言い、続ける。

「辻斬りは冷静沈着だというではないか。ひとを斬ったあとも、あわてて逃げるわけではなく、悠然と立ち去っている。そんな男が、気になって現場に戻ってくるだろうか」

「それは……」

　京之進は言葉に詰まった。

「だからといって、角谷が辻斬りではないと言っているのではない。現場に戻ってくるだけのわけがあったのかもしれない」

「戻ってくるわけですか」

「辻斬りにとって、いつもと違うことがあったとも考えられる。何か手抜かりがあったから、気になって戻ったのではないか」

「なるほど」

「今回が今までと違っていることはないか、改めて見直してみるがいい。その上で、角谷松之助に会ってみてもいいかもしれぬ」

　剣一郎は言い、

「これ以上の犯行を繰り返させないためにも、奉行所が目をつけていると知らせるのだ」

と、続けた。

「いや、わしが角谷松之助の様子を探ってみる」

「わかりました」

京之進は意気込んで引き上げた。

それから、剣一郎は奉行所を出て、いったん八丁堀の屋敷に戻り、太助とともに本所南割下水に向かった。


半刻（一時間）後、剣一郎は南割下水の武家地の中を歩いた。

静かで、歩いているひとの姿もない。

木戸門の屋敷の前で、太助が囁（ささや）いた。

「ここです」

木戸門は俸禄（ほうろく）が百石未満の御家人の屋敷の門だ。

門の前を通るとき、剣一郎は中を覗（のぞ）いた。丸髷（まるまげ）の女子（おなご）の姿が見えた。庭の樹を見上げている。傍（そば）に幼子がいた。

角谷の妻子か。

しばらく行くと、両扉の冠木門の屋敷が出てきた。百石以上の身分の御家人の屋敷だ。

「どういたしますか」

「いや、いい。引き上げよう」

「えっ、もういいんですかえ」

太助が驚いてきく。

「角谷松之助は違う」

「辻斬りではないと？」

「そうだ」

剣一郎は歩きだし、

「庭にいたのは角谷松之助の妻子だろう。妻子がありながら辻斬りはしまい」

と、完全に否定した。

「でも、妖刀雲切丸に惑わされて、自分の気持ちとは無関係に……」

「もし、そうなら妻女が異変に気づくはずだ。さっきの様子では、そのような深刻な状況にあるとは思えない」

「でも、毎夜、町を歩き回っているじゃありませんか。それに、昨夜も現場に……」

「角谷の屋敷の門を見ただろう。木戸門だ。おそらく六十俵とか七十俵何人扶持(ぶち)の身分であろう。辻強盗ならわかるが、金もとらず、ひとを斬るだけとは考えにくい」

「………」

「それに辻斬りなら、毎夜出歩くはずはない。辻斬りを働く夜だけ、屋敷を出ていけばいいのだ」

「ええ、確かに」

太助は言ってから、

「では、なぜ、毎夜出歩いているんでしょうか」

と、不思議そうにきいた。

「角谷は腕に自信がある。だから、自分の手で辻斬りを退治しようとしているのかもしれない。上役へ売り込んで、お役に就くためだ」

角谷は非役(ひやく)の小普請組だ。辻斬りを退治した者となれば、御小普請支配の覚えもめでたく、御番入(ごばんい)りに有利となると踏んでいるのに違いない。

「なるほど。そういうことですか。でも」

　太助は首を傾げ、

「うまい具合に辻斬りに巡り合えるでしょうか」

「難しいだろう。だが、小普請組の武士はそこまでして、お役に就きたいのだ」

　角谷が小普請組から抜け出そうともがいている姿が想像され、剣一郎はやりきれない思いに襲われた。


　途中、太助と別れ、剣一郎は数寄屋橋御門を抜けて、奉行所に戻った。

　脇門から入ると、ちょうど同心詰所から京之進が出てきた。

「青柳さま。ホトケの身元がわかりました」

「そうか。誰だ？」

「勘定所役人の安本善兵衛さまの子息の善一郎どのです」

「なに、安本善兵衛さまの子息？　間違いないのか」

「はい。安本さまがお確かめになりました」

「………」

　剣一郎は絶句した。

「これから、安本さまが屋敷に連れてお帰りになります」

「安本さまがいらっしゃるのか」

「はい」

剣一郎は裏庭の遺体が置いてある小屋に急いだ。

大八車にホトケが載せられたところだった。傍らに、安本が茫然と立っていた。

「安本さま」

剣一郎は駆け寄った。

聞こえなかったのか、安本は虚空を見つめている。

「安本さま」

もう一度、声をかける。

おもむろに、安本は顔を向けた。

「青柳どの」

安本は憔悴した様子で小さく声を発した。

「まさか、このようなことになるとは……」

剣一郎はあとの言葉が続かなかった。

「昨夜(ゆうべ)、善一郎は帰ってこなかった。朝になっても戻らないので、心配になってきた。出入りの商人が、昨夜浜町堀で辻斬りが出たと言っていたので、まさかとは思ったが……」

安本は呟くように言う。

「私も昨夜、現場に駆けつけました。安本さまのご子息だったとは……」

「ともかく、今は善一郎を屋敷に連れて帰りたい」

大八車の亡骸は白い布で覆(おお)われていた。

掛かりの同心が安本に近付き、

「支度(したく)が出来ました」

と、声をかけた。

「お手伝いは？」

剣一郎はきく。

人手は安本家の奉公人がひとりだけだ。

「だいじょうぶだ。わしの手で連れて帰りたい」

安本は手出しを断った。

「あとで、お屋敷にお伺いいたします」

「うむ」

安本は頷き、

「いろいろ面倒をかけた」

安本は同心たちに礼を言う。

奉公人が梶棒を摑んで持ち上げた。

大八車がゆっくり動いた。安本が後ろから押す。

裏口から出て、大八車は奉行所の塀をまわって数寄屋橋御門に向かった。本郷までの長い道のりを安本はどんな思いで行くのか。

その夜、剣一郎は本郷の安本の屋敷を訪れた。

庭に面した部屋で、善一郎は逆さ屏風の前で北枕に寝かされていた。顔は白い布で覆われ、胸には短刀が置かれていた。

経机の上で、線香が煙を上げている。

剣一郎は線香を手向け、合掌した。

「さぞ、お力落としでしょう」

剣一郎は安本に声をかける。

「青柳どの」

　安本は厳しい顔を向け、

「辻斬りの手掛かりは？」

　と、きいた。

「大柄でがっしりした体格の侍です。いつも黒い覆面をして、辻斬りに及びますが、その挙動はおそろしいほど落ち着きをはらっているようです」

　剣一郎は辻斬りの特徴を話したあとで、

「じつは、辻斬りは妖刀と謂われている大和の刀工正兼が鍛えた雲切丸を持っているのではないかと」

「妖刀雲切丸……」

「はい。妖刀雲切丸はある旗本が所持しておりましたが、三月ほど前に何者かに盗まれました。その雲切丸が辻斬りの手に渡ったものと」

　剣一郎は経緯を説明した。

「善一郎はその妖刀で生を断たれたのか」

　安本は呻(うめ)くように言った。

「必ず、辻斬りを捕らえ、善一郎どのの恨みを晴らしてみせます」

剣一郎は誓った。

だが、安本は唇を一文字に嚙みしめ、何も口にしなかった。

善一郎に家督を譲り、自分は好きな土いじりをして余生を楽しむ。そううれしそうに語っていた安本の顔が脳裏に蘇り、剣一郎は胸が締めつけられた。

第二章　仇討ち

一

安本善兵衛の子息、善一郎の葬儀が済み、剣一郎は屋敷に帰った。多恵に清めの塩をかけてもらって、部屋に上がり、喪装を解いた。

着替えを手伝いながら、多恵がきいた。

「安本さまのご様子はいかがでしたか」

「うむ」

剣一郎は間を置き、

「痛々しくて見ていられなかった」

と、口にした。

「あんな安本さまをはじめて見た」

「いくら養子とはいえ、御子を失ったのですから、お気持ちはわかります」

「善一郎どのには期待していたようだ。土いじりがしたいから隠居すると言っていたが、早く善一郎どのに家督を譲って独り立ちさせたいという親心からのようだった」

「そうでしたか」

「妻女どのは気丈に振る舞っておられたが、内心はどのような思いか……。あのふたりの今後が心配だ」

剣一郎はやりきれないように言う。

「私だって、剣之助に万が一のことがあったら……」

多恵はあとの言葉を呑んだ。

着替え終えて居間に行くと、太助が来ていた。

「すみません。待たせてもらいました」

「遠慮せんでいい」

剣一郎は太助の顔を見て、沈鬱な思いがやわらいだ。

「青柳さま。角谷松之助のことが少しわかってきました」

太助が口を開いた。

「猫の蚤取りで角谷さまの屋敷近くをまわっていたら、猫を飼っているお屋敷があって声をかけられました。角谷さまをよくご存じでして、猫の蚤取りをしながらいろいろ聞いてきました」

「そうか」

「やはり、先日見かけたのは角谷さまの家族でした。角谷さまは父親が病気になってお役目を果たせず、小普請組に入れられたそうです。小普請組から抜け出すために、しゃかりきになっているようです。幼い頃から剣の腕を磨いているのもそのためだと」

太助はさらに続ける。

「角谷さまは、自分が辻斬りを退治すると、周囲に漏らしていたそうです。それで、二日前に辻斬りが現われたと知って、悔しがっていたようで」

「悔しがっていた？」

「現場の浜町堀の近くまで行っていたのにと」

「よく調べてくれた。これで角谷どのは辻斬りではないことがはっきりした」

剣一郎は讃えた。

「へえ」

太助は満面に笑みを浮かべた。

が、すぐに笑みを引っ込め、

「葬儀はいかがでしたか」

と、きいた。

「暗く沈んでいた。前途ある若者だったので、悲しみが大きいようだ」

またも、安本の憔悴した顔が浮かんできた。

だが、奉公人は悲しそうではなかったのが少し気になった。


翌日の夕七つ（午後四時）、奉行所を退出し、剣一郎は八丁堀の屋敷に戻らず、本郷の安本の屋敷を訪れた。

訪問を告げると、玄関に安本が出てきた。

「わしを心配してきてくれたのか」

安本は案外と力強い声で言い、

「さあ、上がってくれ」

と、誘った。

「失礼いたします」

式台を上がり、妻女に挨拶をして、仏間に行った。

仏壇の位牌に手をあわせたあと、安本と向かい合った。

「善一郎が我が家にやってきたのは十二のときだった。懇願して親戚筋から迎えたのだ。凛々しい男の子であった」

安本は目を細め、

「これで、安本家も安泰だとほっとしたものだ」

と、仏壇の位牌に目をやった。

会ったことはなかったが、よい養子を迎えたと、剣一郎も喜んだものだ。

葬儀での奉公人の態度について話をきこうとしたが、安本を苦しませるだけだと思いなおした。

「まだ、お気持ちの整理がおつきではないと思いますが、これからどうなさるおつもりでございましょうか」

剣一郎はきいた。

「まだ、何も考えられぬ」

「そうでしょう」

剣一郎は頷く。

「しかし、いつかけじめをつけねばならぬ」

「けじめ?」

「土いじりをして余生を過ごすという夢ははかなく消えた。今後も勘定所においてこつこつ仕事をしていくことになるが、今までのように身を入れられるか」

「もしや、けじめというのは……」

剣一郎はあとの言葉を呑んだ。

「いや、現実を見据えるということだ」

そう言ったあとで、

「青柳どの、すまぬ。これから葬儀に参列くださった上役のお宅にご挨拶に行かねばならぬのだ」

と、安本は頭を下げた。

「いえ、勝手にお訪ねして申し訳ありません。では、私は」

剣一郎は挨拶をして立ち上がった。

安本に見送られて、剣一郎は薄暗くなった道を帰った。

八丁堀の屋敷に着いたときにはすっかり暗くなっていた。

「安本さまのところに?」

着替えを手伝いながら、多恵がきく。

「葬儀が終わり、多くのひとが去ったあとは急激に寂しさが募るだろうからな」

ほんとうは気がかりなことがあったのだが、そのことがはっきりわからなかった。ただ、安本がけじめと言った意味が気になった。

夕餉をとり終え、居間に戻ったとき、またも京之進の使いが玄関に駆け込んできた。


安本善兵衛の子息、善一郎が辻斬りの凶刃に倒れ、まだ三日しか経っていない。なのに、薬研堀の元柳橋の袂で、武士が顔面を斬られて死んでいた。

傍に刀が落ちていて、闘った形跡があった。

剣一郎は憤然と亡骸を見つめた。

「まさか、こんなに早く、新たな殺しをするとは想像もしていませんでした」

京之進が悔しそうに言う。

「わしもだ」

剣一郎も応じた。

これまでの事件から少なくとも十日から半月の間隔があると、勝手に思い込んでいた。そのため、ここ数日、見廻りは減っていた。その油断を突かれたのだ。

辻斬りを働いた後、しばらくは人を斬りたいという衝動も収まるであろう。だから、一定の間隔が空（あ）くものと決めつけていた。

「これも妖刀（ようとう）雲切丸に操られているせいでしょうか」

京之進は恐ろしげに言う。

「いや、辻斬りのあとの数日間は警戒が緩（ゆる）むと見抜いてのことかもしれぬ」

やがて、丸尾（まるお）藩から三人の武士が駆けつけてきた。

財布の中の書き付けから、丸尾藩井田（いだ）家の家臣だとわかり、下谷の上屋敷に報せを走らせてあった。

「どうぞ、お確かめを」

京之進が三人を倒れている男のそばに案内した。

岡っ引きがむしろをめくった。

「棚橋（たなはし）だ」

ひとりが叫んだ。

「なんということだ……」

別の侍が声を詰（つ）まらせた。

「御家中の御方ですね」

京之進が確かめる。

「そうだ、棚橋麟太郎という」

三人の中で年長の侍が答えた。

「棚橋どのはどうしてここに」

剣一郎はきいた。

「きょうは深川にある下屋敷に使いに出た。その帰りだ」

新大橋を渡って、大川沿いを通り、薬研堀を経て柳原通りに出るつもりだったのだろう。辻斬りは元柳橋の近くの暗がりで獲物を待ち伏せしていたか。

「念のためにお伺いしますが、棚橋どのは誰かに恨まれているようなことは？」

「それはない」

三人が口を揃えて言った。

「わかりました」

「今出没している辻斬りの仕業か」

「間違いないと思います」

剣一郎は答える。

亡骸は丸尾藩の家中の侍によって下谷にある上屋敷に運ばれた。

「もうこれ以上の犠牲者を出すことは許されぬ」

剣一郎は自分自身に言いきかせるように言った。

「青柳さま。角谷松之助は何か摑んでいないでしょうか」

京之進が口にし、

「辻斬りを追い求めて毎夜出歩いているんです。本人は気づかずとも、辻斬りに出会っていることはあり得るのでは？」

と、期待するように言った。

「そうだな。だが、角谷どのが力を貸してくれればいいが、わしの想像だと、辻斬り退治を、御番入りを果たすための売り込みに利用しようとしているようだ。だから、奉行所に助力するかどうかは疑問だ」

剣一郎は危惧したが、

「しかし、今の状況は厳しい。角谷どのに正面から当たってみるのもいいかもしれない」

と、京之進の考えに賛同した。

翌日の昼過ぎ、与力部屋に京之進がやってきた。

「青柳さま。角谷どのに会ってきました」

　京之進が報告する。

「辻斬りを捜していることを認めました。わけも青柳さまのお考えどおりでした」

「素直に話してくれたのか」

「はい。ただ、奉行所に任せるように諭しましたが、それは出来ないとはっきり言われました。危険は承知だとも」

「で、これまでに誰か不審な人物に遭遇していなかったか」

　剣一郎は確かめる。

「はい。していないようです。とにかく、闇雲に歩き回っている様子でした。それでも、辻斬りが大柄でがっしりした体格の侍だということは知っていました。歩き回っているときに出会った、見廻りの町方の者から聞いたそうです」

　さらに、京之進は続けた。

「それから辻斬りは浪人ではないと考えているようです。浪人なら、金目のものに目が行くはずだからと」

「そこまで読んでいたか」

「はい」

「何か隠している様子はなかったか」

「いえ」

「妖刀雲切丸のことは？」

「知りませんでした」

「話したのか」

「はい。いけませんでしたか」

京之進は不安そうにきいた。

「いや。角谷どのには知っておいてもらったほうがいいだろう。万が一、辻斬りに遭遇した場合、相手がそのような刀を持っている可能性をわかっておいたほうがいい」

「はい。ただし、妖刀雲切丸のことは他言しないように頼んでおきました」

「それでいい」

妖刀の噂が出回れば、町の衆は恐怖に襲われる。これまでの被害者がみな武士だったとしても、今後狙いが変わらないとも限らない。

「角谷どのは本気で辻斬りを斃すつもりでいます。そう簡単に出会えるとは思えないのですが、なんだかこのままではとんだ道化で終わってしまいそうで、なんとなく同情したくなります」

　京之進は哀れむように言った。

「そうだな」

　剣一郎も頷いたとき、ふいにあることに気づき、あっと声を上げた。

「いや、角谷どのにはある計算があるのだ」

「計算ですか」

　京之進は不思議そうな顔をした。

「毎夜歩き回ることで、辻斬りに訴えようとしているのだ。角谷どのに気づき、辻斬りのほうが捜そうとするかもしれない」

「…………」

「辻斬りは己の腕をためしたいのだ。角谷どのは格好の相手かもしれぬ」

「では、両者が遭遇することは十分にあり得ると」

　京之進は目を見開いて言った。

「角谷どのは辻斬りが妖刀雲切丸を持っている可能性を知った今、さらに自分に近づいてくると確信しているかもしれない」

剣一郎はそう言ってから、

「見廻りの者に、角谷どのを見かけたら注意を払うように伝えるのだ。もはやこれ以上の被害を出してはならない」

と、強い口調になった。

「わかりました」

京之進は厳しい顔で応え、引き上げた。

これまでの報告のために、剣一郎は清左衛門のところに向かった。

二

夕方、剣一郎は冬木町の呑み屋『おせん』の離れに、島吉を訪ねた。

「邪魔をする」

剣一郎は庭先に立ち、島吉と向かい合った。

「あれから、ふたりが辻斬りの犠牲になった。これで五人だ。これ以上、犠牲者を出したくないのだ」

いきなり剣一郎は辻斬りのことを切り出し、

「なんとか、妖刀雲切丸を盗んだ者を見つけ出したい。その後、土蔵の辰のことで思いだしたことはないか」

と、訴えた。

「あのあと、土蔵の辰に会いました」

島吉はやっと口にした。

「会ったか」

「へい。で、身が軽くて錠前破りが出来る盗賊のことをききました。すると、土蔵の辰は三人の男の名を挙げました」

「うむ」

「ひとりは浅間の勘助、歳は二十九。もうひとりは暗闇の五郎、三十七。そして、最後は猿の三蔵、三十五。他にも錠前破りの名人はおりますが、身が軽く、ひとり働きが出来るのはこの三人です」

剣一郎は三人の名を脳裏に焼き付け、

「土蔵の辰はこの三人に錠前破りを教えたのだな」

と、きいた。

「そうだとのことです」

「この三人は今も現役なのか」

「さあ」

島吉は答えを逃げた。

同業者としてそこまで言えないだろう。

「さて、的場家に侵入した男だが、この中にいるか」

「はい」

島吉は認める。

「誰だ？」

「それは……」

言いにくいのだろう。

剣一郎は別のきき方をした。

「刀剣の目利(めき)きができるのは、三人の中で誰だ？」

「猿の三蔵です」

「なぜ、三蔵は刀剣の目利きが出来るのだ？」

「刀剣屋に奉公していたそうです。二十歳(はたち)のときに店の刀をこっそり売っていたのがばれて店を辞(や)めさせられて、その後、土蔵の辰と出会い、弟子になったということです。もともと身が軽かったので、土蔵の辰は錠前破りの技を教えたそうです」

島吉は説明する。鋳掛(いか)け屋の島吉に土蔵の辰がこのように詳しい話をするはずない。自ら土蔵の辰だと認めているようなものだ。

だが、剣一郎はあくまでも鋳掛け屋の島吉として問いかけた。

「三蔵はどこに奉公していたのだ？」

「南伝馬町二丁目にある『剣屋』です」

「なに『剣屋』？」

「はい」

「そうか、『剣屋』か」

剣一郎はようやく暗闇の中に小さな点のような明かりを見た思いだった。

「今、三蔵がどこにいるかわからぬか」

「わからないと思います。土蔵の辰はもう三年以上、三蔵たちとは会っていません。というより、土蔵の辰が体を壊したとたん、寄りつかなくなったそうですから」

「薄情な奴らだ」

剣一郎は不快な思いで言った。

「所詮、みな一匹狼ですから」

「それにしても恩誼を忘れるとは……」

吐き捨てるように言ってから、

「三蔵を捜す手掛かりは何かないか」

と、きいた。

「四、五年以上前のことですが、深川の櫓下の女郎屋に通っていました。お気に入りの女郎がいると」

「女郎屋の名は？」

「わかりません。でも、女郎の名はわかります。小巻という源氏名です」

「小巻か」

「三蔵の顔だちはわかるか」

「女のように色白で、唇が紅をはいたように赤く、優男でした」

「三蔵と付き合いのある者を知っているか」

「いえ」

「三蔵に武士の知り合いはいるのか」

「いないはずです」

「わかった。また、何かあったらききにくる」

「へい」

「土蔵の辰に、青柳剣一郎が礼を言っていたと伝えてもらおう」

「へえ」

島吉は深々と頭を下げた。

剣一郎は離れを引き上げた。


夜、夕餉のあと、居間に戻った剣一郎は猿の三蔵のことを考えた。

三蔵は『剣屋』に二十歳まで奉公していた。

『剣屋』は的場家の先々代から妖刀雲切丸の鑑定を頼まれた。したがって、『剣屋』は的場家に妖刀雲切丸があることを知っており、いつか的場家が手放す日がくるとの期待から、そのことを代々伝えてきた。

三蔵が的場家に妖刀雲切丸があることを知っていた可能性は高い。そして、三蔵なら、的場家の土蔵から雲切丸を盗み出すのは難しいことではない。

しかし、三蔵はなぜ今になって妖刀雲切丸を手に入れようとしたのか。妖刀雲切丸を欲している人物に出会い、頼まれたのか。

庭先にひとの気配がした。

「太助か」

部屋の中から声をかける。

「上がってこい」

「へい」

障子が開いて、太助が入ってきた。

「飯はまだだろう。食ってこい」

「いえ、得意先で馳走になってきました」

太助は答えた。

「そうか」

剣一郎は太助の顔を見つめ、

「頼みがある」

と、切り出した。

「なんなりと」

「身が軽く、錠前破りを得意とする盗人(ぬすっと)が三人わかった」

その経緯を説明し、

「浅間の勘助、歳は二十九。暗闇の五郎、三十七。猿の三蔵、三十五。この三人のうち、もっとも疑わしいのが猿の三蔵だ」

三蔵が『剣屋』に奉公していたと話し、

「ともかく、この三蔵を見つけ出したい。手掛かりは、深川櫓下の女郎屋にいる小巻という女郎だ」

と、告げた。

「女郎屋の名はわからないのですね」

「そうだ。聞き込みで、まず小巻を捜すのだ」

「わかりました」

太助は応じたあと、

「女郎屋に近づいて、多恵さまに誤解されませんか」

と、心配そうな顔をした。

「なに、気になるか」

「女郎買いをしていると思われないかと」

「考えすぎだ」

「わかりました」

そこに、多恵の声がして襖が開いた。

多恵がざるを手に部屋に入ってきて、

「あら、太助さん。深刻そうな顔をして」

と、目ざとく太助の顔色を見た。

「いえ、今、探索のことで……」

「難しい調べなのね」

「いえ。そうでも……」

太助はうろたえている。

「太助なら、それほど苦にはならぬ」

剣一郎は笑いながら言い、

「それは？」

と、多恵にきいた。

「栗です。先日、相談に乗ってあげた商家の内儀さんからいただきました」

多恵に相談にくる町の衆は多い。多恵は丁寧に話を聞いて、適切な忠告をするので評判がよく、多恵を頼ってくる者は後を絶たない。

「丹波栗（たんばぐり）です」

「うまそうだ。剣之助と志乃（しの）のところにもわけてやれ」

ふたりをここに呼んで皆で食したいが、辻斬りが横行している状況を思うと、いい気になって楽しんではいられない。

多恵も察したように、

「わかりました。ふたりのところに届けます」

と、答えた。

はやく辻斬りを捕まえなければならない。剣一郎は改めて自分に言いきかせた。


翌日、剣一郎は南伝馬町二丁目にある刀剣屋『剣屋』の暖簾（のれん）をくぐった。

店座敷で客の応対をしていた主人の亀太郎が番頭（ばんとう）と代わって、剣一郎のところにやってきた。

「青柳さま。また、雲切丸のことで」

亀太郎はきいた。

「十五年前に、ここを辞めた奉公人について知りたい」

「十五年前ですって」

亀太郎は不審そうな顔をした。

「そうだ。確か、二十歳だったそうだ。刀剣を無断で持ちだして売り払ったことで、店を辞めさせられたということだが」

「そういえば……」

亀太郎は首を傾(かし)げ、

「確かにおりました。三太郎(さんたろう)という男です。私より二歳年上でした」

「三太郎か。年が近いなら、そなたとは親しかったのか」

「いえ、私はその頃はまだ他の刀剣屋に奉公しておりました。で、十八で奉公を終え、『剣屋』に戻ったのですが、その数か月後に先代が三太郎を辞めさせました」

「三太郎はどんな男だ？」

「色白で、女のような優男だったと思います」

三蔵の特徴と似ている。

亀太郎は怪訝(けげん)な顔で、

「三太郎がどうかしたのですか」

それには答えず、

「その後、三太郎がここに訪ねてきたことは？」

と、剣一郎はきいた。

「いえ、現われません」

「妖刀雲切丸が的場家にあることを語り継いできたそうだが、奉公人も知っていたのか」

「直接には伝えておりません。番頭さんにだけ。ですが、番頭さんが話したかもしれません」

「番頭を呼んでもらいたい」

「青柳さま。いったい何があったのでしょうか」

亀太郎が目尻をつり上げ、目を鈍く光らせると、

「ひょっとして、的場さまのお屋敷から妖刀雲切丸が盗まれたのでは？」

と、きいた。

「どうして、そう思う？」

「青柳さまがわざわざこのことでいらっしゃっているのは、何かがあってのことと。それと、辻斬りです」

亀太郎は目を剝(む)き、

「辻斬りに斬られた者は顔面を真っ二つに裂かれていたそうではありませんか」

「うむ。そのとおりだ」

剣一郎は認めざるを得なかった。

「三月(みつき)前、的場さまのお屋敷の土蔵から雲切丸が盗まれた。そしてふた月余り前から、辻斬りが現われるようになった。これまで、被害に遭ったのは五人。証(あかし)はないが、妖刀雲切丸を使っているように思える」

「やはり、そうでしたか」

亀太郎は深刻そうな顔をした。

「刀剣屋仲間で、妖刀雲切丸の話が出たことはないか」

「ありません」

「番頭を呼んでもらおう」

「はい」

亀太郎は立ち上がった。

すでに、客は引き上げ、番頭は帳場格子(ちょうばごうし)の中にいた。亀太郎が声をかけると、番頭はすぐ立ち上がってやってきた。

「三太郎のことだそうですが」

番頭のほうから切り出した。四十過ぎに思える。

「そうだ。的場さまが雲切丸を持っていることを、三太郎は知っていたかどうか」

「知っていました。私が三太郎に話しました」

番頭が正直に答えた。

「どういうわけで話したのだ？」

「三太郎は店の刀剣をこっそり売り払っていたのを、先代に見つかって辞めさせられましたが、それまでは先代に可愛（かわい）がられていました。私は年に何度か的場さまのお屋敷にご挨拶に上がっておりました。そのとき、三太郎を連れて行ったこともあります」

「雲切丸を手放すかもしれないことを期待してのことか」

剣一郎は確かめる。

「はい。先代のときは、ご挨拶を欠かしませんでした。今の主人になってからは、ほとんど出かけなくなりましたが」

「なぜだ？」

「今の当主に売る気がないとわかったからだと思います」

番頭は答え、

「三太郎ですが、的場さまのお屋敷にご挨拶に上がるわけをきかれ、雲切丸の話をしたことがあります」

「なるほど」

剣一郎は間を置き、

「ここを辞めたあと、三太郎がどうしているか知らないか」

「何年か前、偶然に見かけたことがあります」

「どこでだ?」

「木挽町(こびきちょう)です。七年前でしたが、色白で、女のような優男振りは同じで、体つきも当時と変わっていませんでした。ただ、年を経たせいか、自信に満ちた顔つきに思えました」

「三太郎に間違いなかったか」

剣一郎は念を入れた。

「はい。三太郎も私に気づいたようで、微(かす)かに笑みを浮かべていました。かなり、羽振りがよさそうでした……」

三太郎は猿の三蔵に間違いなかった。

「何をしている雰囲気だったか」

「……堅気のようには思えませんでした」

「連れは？」

「ひとりでした」

「その後は？」

「いえ、それだけです」

「そうか。わかった」

妖刀雲切丸を盗んだのは三太郎こと猿の三蔵だ。だが、背後に何者かがいる。それを突き止めるためにも、三蔵を見つけ出すしかなかった。このことを、剣一郎はさっそく京之進に話した。

三

ふつか後。奉行所を退出し、いったん八丁堀の屋敷に帰ったが、なんとなく胸がざわつき、剣一郎は編笠をかぶって出かけた。

本郷の安本の屋敷に着いたときには辺りはすっかり暗くなり、暮六つ（午後六時）の鐘が聞こえてきた。

玄関に立ち、訪問を告げた。

若い侍が出てきた。確か、妻女の親戚の子息だ。葬儀のときに、会っている。

「安本さまはいらっしゃるか」

剣一郎は声をかけた。

「いえ、お出かけになりました」

「お帰りは遅いのか」

「いつも四つ（午後十時）ごろになります」

「いつも？」

剣一郎ははっとした。

「毎晩、出かけているのか」

「はい」

「どこへ？」

「わかりません。何も仰（おつしゃ）いません」

「わかった。安本さまに、青柳剣一郎が参ったとお伝えを」

剣一郎はあわただしく屋敷をあとにした。

最初に辻斬りが現われたのは小川町の屋敷地、二度目は湯島の切通し、三度目は柳原の土手。さらに浜町堀、そして薬研堀の元柳橋。

まだ、辻斬りが現われていない場所は浅草方面か。

剣一郎は湯島の切通しを抜けて、上野山下から浅草に向かい、下谷廣徳寺の前までやってきた。しかし、安本の姿はなかった。

やはり、恐れていたことが現実になった。安本は子息の仇を討とうとしているのだ。

やめさせなければならない。辻斬りは相当な剣客だ。

新寺町の手前で、このまま真っ直ぐ浅草方面に向かうか迷ったが、三味線堀のほうに折れた。

田原町や駒形町などは、武家屋敷がない。辻斬りは武士を狙っているのだ。武士に出会うのは武家地のほうだ。

やがて、三味線堀に差しかかったとき、前方から複数の提灯の明かりが近づいてきた。数人の一行だ。

「青柳さま」

中のひとりが呼びかけた。

「京之進か」

見廻りをしている京之進の一行だった。

「どうしてここに？」

京之進が不審そうにきいた。

「安本さまが毎晩外出をしている。おそらく、子息の仇を討とうと、辻斬りを捜し回っているのだ」

「あの純朴そうな御方が？」

京之進は眉根を寄せた。

「仇討ちをやめさせたい。ひとりで立ち向かうのは危険だ。見かけたら、諭してもらいたい」

「わかりました」

「角谷松之助どのは見かけたか」

「いえ、まだです」

「わかった。では、気をつけて」

剣一郎は京之進の一行と別れ、そのまま向柳原(むこう)に向かった。

これだけ見廻りをしても、今夜辻斬りが現われる保証はない。いや、前回の辻斬りから日が浅く、現われない可能性のほうが高かった。

剣一郎は安本を捜した。だが、安本に出会うことはなかった。


翌朝、剣一郎は本郷の安本の屋敷を訪れた。

客間で、安本と差し向かいになった。

夜な夜な出かけているからか、疲れが取れない顔つきをしている。

「安本さま。毎晩お出かけのようですが、どちらに?」

剣一郎は問い詰めるようにきいた。

「どこでもよいではないか」

安本は首を横に振った。

「安本さま。どうぞ、ほんとうのことを」

剣一郎はなおも迫った。

「気晴らしだ」

安本は呟(つぶや)き、

「善一郎を失い、わしの夢は潰(つい)えた。やり場のない気持ちを鎮(しず)めるために夜の神社仏閣にお参りしている」

「なぜ夜に？」

「ひとと顔を合わせたくないのだ」

「安本さま」

剣一郎は居住まいを正した。

「なんだ、改まって」

安本は厳しい顔になった。

「善一郎どのを失った悲しみややりきれなさ、虚しさはどんなに言葉を尽くしても慰めにならないことは承知しています。その上で、あえて言わせていただきます」

剣一郎は身をぐっと乗り出し、

「安本さまはまだ四十半ば。あと十年は現役で頑張れましょう。隠居はそれからで十分ではありますまいか」

「もう善一郎はいないのだ」

「このまま死んだように生きても、善一郎どのは決して喜びはしません。酷なようですが、よけいなことを考えず、ただ善一郎どのの冥福を祈りながら……」

「青柳どの。そなたの言いたいことはわかっている。死んだ者は戻って来ない。だから、新たに養子をもらえばいいと……」

安本は首を横に振り、

「そんな簡単に割り切れるものではない。わしは善一郎と共に生きて……」

と続けたが、途中で声を詰まらせた。

「このままでは、わしは一歩も先に進めぬ。それより、善一郎に顔向け出来ぬ」

「やはり、仇を?」

剣一郎は安本の顔色を窺(うかが)った。

「………」

「そうなんですね」

「青柳どの。もし、殺されたのが剣之助だったらどうする?　仇をそのままにして平気でいられるか」

安本は反撃するように言った。

「私は……」

「待て」

剣一郎の言葉を制し、

「裁きを受けさせると言うのはわかっている。しかし、それは現実に直面していないから言えることだ。わしとて、善一郎が殺される前だったら、我が子が殺されても裁きに委ねると言ったはずだ」

「確かに、その状況にならないと、自分の気持ちもわからないでしょう。私も仇を討ちたいと思うかもしれません。しかし、仇を討っても死んだ者は戻ってきません。それより、その仇を討つために費やす労力は、自分自身の今の暮らしまで蝕んでいってしまいます」

「やめよう」

安本は首を横に振った。

「今のわしは、誰の意見も聞かぬ。辻斬りを捜し出してこの手で始末する。それしか考えておらぬ」

「安本さま」

剣一郎は厳しい顔で、

「辻斬りは妖刀雲切丸を使っている可能性があります。おそらく、辻斬りは腕前以上の力を発揮しているに違いありません」

と、雲切丸について話した。

「もとより、わしも命を失うのは覚悟の上」

安本はきっぱりと言った。

これ以上の説得は無駄だと思った。それに、安本が辻斬りを捜し出せるかどうかわからない。よほどの運がなければ、見つけることはできないはずだ。

そう考え、剣一郎は折れた。

「わかりました。私はもう何も言いません。どうか、ご自分を大切に」

「青柳どの。心配をかけてすまない」

安本は頭を下げた。

やりきれない思いで、剣一郎は安本を見つめていた。

安本が辻斬りと出会う前に、なんとしてでも辻斬りの正体を暴かねばならないと焦(あせ)りを覚えた。


連日、剣一郎は町廻りに出た。

蔵前(くらまえ)のほうから武家地を抜けて、向柳原に出た。さらに御徒町(おかちまち)のほうに向かい、三味線堀に戻ってきた。

三味線堀を中心に、武家地の周辺を歩き回っている。そこで、京之進の一行と出会った。

「何ごともありません」

京之進は報告する。

「安本さまを見かけたか」

「いいえ。ただ、角谷どのを見ました」

「そうか」

そのとき、向柳原のほうから侍がやってきた。黒の着流しの大柄な侍だ。

「あれは」

京之進が呟くように言う。

「誰だ？」

「笹村又三郎です」

「当初、辻斬りではと見立てた？」

「はい。居合の達人ということで注意を払っていたのですが、浜町堀に辻斬りが出た夜、夜詰めで詰所（つめしょ）に出ていたことがわかり、疑いが消えました」

「そうか」

笹村又三郎がこちらに向かってきた。目尻が下がり、愛嬌（あいきょう）のある顔だ。

「これは植村どの、ご苦労なことですな」

笹村は京之進に声をかけて、そのまま下谷七軒町のほうに向かった。

剣一郎はふと思いついて、

「笹村どの」

と、呼び止めた。

笹村は途中で足を止め、振り返った。

剣一郎は近づいた。

「南町の青柳剣一郎と申します」

「ご高名は聞いておる」

「今宵(こよい)はどちらに？」

笹村はにこやかに答えた。

「知り合いの家を訪ねての帰りだ」

「ときたま外出なさっているようですが」

「たまにだ」

「怪しい人物を見かけたことはありませんか」

「ない」

笹村は否定し、

「私自身が怪しく思われていたのではないかな」

と、笑った。

「恐れ入ります。辻斬りは大柄でがっしりした体格。疑うというより、そういう体格のお侍さまには一応注意を払っているだけです。今は、笹村どのへの疑いはまったくありません」

「うむ。おかげで夜の外出が楽になった」

「失礼ですが、笹村どののお役目は？」

「広敷添番（ひろしきそえばん）でござる」

大奥の警備をする役人だ。

「そうでございますか。辻斬りは武士に狙いを定めております。いつ遭遇するかしれません。どうかお気をつけて」

「なあに、逆に討ち取ってやるまで」

笹村が笑った。

「お引き止めして申し訳ありませんでした」

「では」

笹村はそのまま去って行った。

「青柳さま、何か」

京之進がきいた。

「なぜこの辺りでこれまで辻斬りが出なかったのか。笹村どののことから気がついたのだが……」

剣一郎は考えながら、

「辻斬りはあえてこの場所を避けていたのではないだろうか」

「避ける?」

「そうだ。つまり、辻斬りはこの一帯に住んでいるのだ。近場だから、辻斬りを行なわなかったのではないか」

「………」

「いや、これは単なる思いつきでしかない。しかし、そうだとしたら、いくらこの辺りを見廻っても、辻斬りには遭遇しまい」

剣一郎は言ってから、

「もちろん、辻斬りが出ないという確証はなく、見廻りは続けるべきだが、それと並行してこの一帯の侍に注意を向けたほうがいいかもしれぬ」

手掛かりは、大柄でがっしりした体格の侍だ。

「笹村どの以外にも、そのような体つきの侍はいるはずだ」

「わかりました」

京之進は真顔になって答えた。

この夜、辻斬りは現われなかった。

翌日の昼前、剣一郎は太助とともに深川の櫓下に行った。

深川七場所のひとつだ。

太助が聞き回り、小巻が『柊家』という子供屋にいる女郎だと突き止めた。

客の待つ女郎屋に出かけて行く呼出しの女郎だった。太助は最初は女郎屋を訪ねていたが、女郎屋ではなく、『柊家』にいると教えてもらった。もっとも、簡単に教えてもらったわけではなく、何度か訪ねてようやく話してくれたのだ。

「あそこです」

太助は提灯がかかっている格子造りの家を指差した。

夜ともなれば、妖しげな雰囲気を醸しだすのだろうが、明るい陽差しの中では、特に普通の家と変わりはなかった。

太助が格子戸を開けて声をかける。

「ごめんなさいな」

剣一郎と太助は土間に入った。

「はい」

女将らしい女が出てきた。

剣一郎を見て、あっと声を上げた。

「青柳さまで」

「いかにも」

「なにか」

女将は表情を強張（こわば）らせた。

「警戒しているようだが、なにかやましいことでもあるのか」

剣一郎はあえて脅（おど）すように言った。

「とんでもない。そんなもの、ありはしませんよ。ただ、同心（どうしん）の旦那ではなく、青柳さまが直々（じきじき）にお見えなので、ちょっと驚いただけです」

女将はあわてて言った。

「そうか、それは驚かせてしまったな」

剣一郎は腰から刀を抜きとり、

「ここに小巻という妓がいるな」

と、きいた。

「小巻が何か」

女将が不安そうにきく。

「ちょっとききたいことがあるのだ。呼んでもらいたい」

「お客さんのことでしょうか」

「そうだ」

「お客さんのことは話さないように言っているのですが」

女将は牽制した。

「大事なことだ。もし、隠し立てすると、一味と思われてしまうが、いいか」

剣一郎はまた脅した。

「いえ。では、呼んでまいります。どうぞ、こちらの部屋でお待ちください」

上がり口の横にある小部屋に招じた。

「よいか。小巻に何ごとも隠さずに話すように言うのだ」

「はい」

女将は奥に向かった。

剣一郎と太助は小部屋に入った。

だいぶ待たされて、二十七、八歳の女が入ってきた。

「小巻です」

ほつれ毛が口元にかかり、化粧もしていない顔は、いかにも寝起きのようだった。顔色も悪く、目尻に小皺があったが、化粧映えしそうな顔だ。

「南町与力の青柳剣一郎だ」

「はい」

「じつはそなたのところに、三太郎という男が通っていたと聞いた」

剣一郎は切り出した。

「三太郎さんですか」

「うむ。ある事情で、三太郎に会いたいのだ」

「三太郎さんが何かしたのですか」

小巻は細い眉を寄せてきいた。

「いや、教えてもらいたいことがあるのだ。三太郎は今もそなたのところに来ているのであろう？」

「いえ」

「来ていないのか」

「はい。この一年ほど、来ていません」

「どういうことだ？」

剣一郎は驚いてきく。

「さあ、わかりませんけど、他に気に入った女が出来たんじゃないですか」

小巻は口元を歪めた。

「それらしきことを言っていたのか」

「ええ。三年前までは半月に一度はきていたんですけど、最後のほうは来る間隔が長くなって。だから、私に飽いてきたのだなとわかりました。それで、しつこく、若い妓のほうがいいんでしょうときいたら、そうだと言ってました。それが最後でした」

「どこの妓かわからないか」

「知りません。知りたくもないし」

小巻は不快そうに言う。

「三太郎がどこに住んでいたか聞いていないか」

「本所だと言ってました。確か、横網町だったと思います」

「三太郎は何をしていたのだ？」

「商売をしていると言ってましたけど、堅気には見えませんでしたよ」

「三太郎を見つけ出す手掛かりになるようなものはないか。どのようなことでもいい」

剣一郎は縋るようにきいた。ここで、三太郎こと三蔵を捜す道を途絶えさせてはならない。

「さあ」

小巻は首を振る。

「三太郎と親しかった者は？」

「聞いたことはありません」

そう言ったあとで、小巻はあっと呟いた。

「何かあったか」

「いえ」

あわてて、小巻は否定した。

「なんでもいい。話してくれ」

「でも」

「話せない理由でもあるのか」

「…………」

小巻は俯いた。

「そなたは近頃、辻斬りが出没しているのを知っているか」

剣一郎は止むを得ず、辻斬りの話を持ちだした。

「そういえば、お客さんが話していました」

「これまでに五人殺されている。皆、侍だが、いつ町人に刃を向けるかもしれぬ」

「それが三太郎さんと関係が？」

小巻は訝しげにきいた。

「詳しいことは話せないが、辻斬りの正体を三太郎が知っているかもしれないのだ」

「まあ」

「だから、三太郎を捜している」

「…………」

「これ以上、犠牲を出したくないのだ。知っていることを教えてくれ」

「お客さんが、ふた月ほど前にあるところで三太郎さんを見たと言っていたんです。もう関係ないので聞き流していて、どこで見たと言ったのか覚えていません」

「その客は、三太郎のことを知っているのか」

「はい、ここでよく鉢合わせをして」

「なるほど」

「青柳さま」

小巻は哀願するように、

「そのお客さんに迷惑をかけたくないのです。おかみさんもいるし、子どももいますから。それに、名前は知っていますが、どこに住んでいるかは知りません」

「わかった。では、今度その客がやってきたら、三太郎をどこで見たかきいておいてくれぬか」

「でも、いつ来るかわかりません」

「かまわぬ。来たら必ず知らせてほしい。近くの自身番に行き、わしへの言伝(ことづ)てを頼んでもらいたい。ただ、客が来たとだけでいい。わしがすぐそなたに会いにくる」

「わかりました」

小巻は約束をした。

『柊家』を出て、本所に向かった。そして、門前仲町(もんぜんなかちょう)の自身番に寄り、町内に三蔵または三太郎という男がいないか調べてもらった。

しかし、今もかつても三蔵または三太郎という男が裏長屋にいたことはなかった。

剣一郎は途中で太助と別れ、奉行所に戻った。

四

その夜、八丁堀の屋敷に京之進がやってきた。

「呼び立ててすまなかった」

剣一郎は言う。

「いえ」

京之進は頭を下げる。

「猿の三蔵という盗人のことだが」

「やはり、雲切丸を盗んだのは猿の三蔵ですか」

　京之進は身を乗り出すようにきいた。

「間違いない。ただ、三蔵は自らの意志で盗んだとは思えない。盗むつもりなら、とっくに盗んでいたはずだ」

「誰かから頼まれたのですね」

「そうだ。それがおそらく辻斬りだと思うが……。雲切丸は三蔵の手から辻斬りの手に渡ったのだ」

　剣一郎は首を傾げ、

「なぜ、辻斬りは妖刀雲切丸を盗ませたのか。まさか、辻斬りをするために盗ませたわけではあるまい」

「妖刀雲切丸を手にして、思いがけずに魔性に取り憑かれてしまったのでしょうか」

「おそらく、そうであろう。最初から辻斬りするために盗みをさせるとは思えない」

「すると、なんらかの理由で、ある人物が妖刀雲切丸を手に入れたくて、猿の三蔵に盗みを依頼した。その雲切丸を手にしたとたん、ひとを斬りたいという衝動に駆られた……」

京之進は唖然とした。

「三蔵を捜し出せれば、盗みを依頼した人物を明らかにすることが出来る。今、三蔵の行方を捜している」

剣一郎は『柊家』の小巻との関係から説明し、

「小巻の客の返事に期待をしているところだ」

と、話した。

「わかりました」

「ところで、下谷、浅草一帯の探索だが、どうだ？」

剣一郎は話を変えた。

「あの一帯に聞き込みをかけたのですが、不審な侍を見たという話はどこからも出てきていません。また、大柄でがっしりした体格の侍を探していますが、案外と目につきません。ただ、大名家の家臣ですと、屋敷から出てこないので。今後も屋敷出入りの商人にきいていきますが」

「見つけたとしても、笹村どのの例もある。体格から辻斬りを割り出すのは難しい。やはり、辻斬りの現場を押さえるしかない」

「下谷、浅草一帯では辻斬りを働かないでしょうか」

京之進はきいた。

「少なくとも、これまではあえて避けていたのではないか。辻斬りにすれば、町方が探索に乗り出し、聞き込みなどで周辺をうろつきまわるところは避けるだろう」

「探索の重点を他に移したほうがよろしいでしょうか」

「いや、あの辺りを集中して探索していると、辻斬りに思わせたほうがいいかもしれぬ。そのうえで、そなたは別の場所に狙いを定めたほうがいいだろう」

剣一郎は忠告する。

「辻斬りが次の場所に選ぶとしたらどこでしょうか。これまで、小川町の屋敷地、湯島の切通し、柳原の土手、浜町堀、そして薬研堀の元柳橋の袂。次は……」

「わしだったら、一石橋から鎌倉河岸にかけてのお濠端、いや下谷、浅草周辺の外、たとえば下谷広小路から上野山下、あるいは池之端仲町」

「そうですね」

「柳橋から蔵前あたりもあり得るが、武家屋敷から少し離れており、武士の往来は少ないだろう。武士を狙う辻斬りの眼中にないかもしれぬ」

「わかりました。私は下谷広小路から上野山下、あるいは池之端仲町方面の見廻りに加わります」

「それがいいように思う。だが、これも賭だ」

「はい」

京之進が引き上げたあと、庭先に太助がやってきた。

「上がれ」

剣一郎は障子を開けた。

「へい」

「遅かったな」

「あのあと、気になることがあって、横網町に行ってみたのです」

太助は腰を下ろして口を開いた。

「横網町に?」

「じつは、横網町に音曲の師匠がいるんです」

「音曲の師匠だと」

「はい、以前に逃げた猫を捜したことがあります。念のために、師匠を訪ね、三蔵または三太郎のことをきいてみました。そうしたら、弟子に三太郎がいたというのです」

「なに、三太郎が」

「半年ほど前まで稽古に来ていたそうです。で、師匠が言うには、三太郎は亀沢町に住んでおり、小間物屋とのこと」

「猿の三蔵に間違いないのだな」

「はい。小柄で、色白。唇が紅をはいたように赤かったそうです」

「うむ。間違いなさそうだ」

剣一郎は手応えを感じ、

「で、亀沢町に行ってみたのか」

と、きいた。

「行ってみました。長屋を訪ね、小間物屋の三太郎が住んでいるかきいて廻りました。そうしたら、杢兵衛店に半年ほど前まで住んでいたことがわかりました」

「なに、半年ほど前に引っ越したのか」

「はい。大家さんの話では、芝のほうで新しい仕事に就くからと言っていたそうです」

「新しい仕事か。それは口実かもしれぬな。芝はどうか」

芝も出まかせか。

「音曲の師匠のところにも半年ほど前から現われていません。引っ越していったから、もう通えなくなったんでしょう」

「師匠に挨拶は？」

「なかったそうです」

剣一郎は確かめた。

「無断でやめていったのか」

「ええ、三年ほど通っていたそうですが」

「三年も通って無断でか」

剣一郎は不思議に思い、

「もしかしたら、三蔵はやめたつもりはないのかもしれない。また通おうとしているのではないか」

と、首を傾げ、

「妖刀雲切丸が盗まれたのは三月前だ」

と、その事実と重ね合わせた。

「引っ越しは雲切丸を盗む前だ。三蔵に何があったのか。太助」

剣一郎は思いついてきいた。

「音曲の師匠はどんな感じの女だ？」

「深川の芸者だったそうで、二十五、六の面長で、鼻筋の通った色っぽい女です」

「三年ほど通っていると言っていたな」

「ええ」

「同じ三年前まで三蔵は小巻のもとに半月に一度は通っていたが、次第に間隔が長くなり、一年前から通わなくなった。ひょっとして、その師匠が関係しているかもしれぬな」

剣一郎は考えながら、

「師匠には旦那がいるのだろう」

と、きいた。

「ええ。横山町にある薬種問屋の旦那だそうです」

「そうか」

剣一郎は腕組みをしてまた考え込んだ。

「何か」

太助が不思議そうにきいた。

「念のために、その旦那のことを調べてくれないか。今も、師匠のところにやってきているのか」

「そのことが三蔵と何か関わりが?」

「まだわからぬが、気になることは調べておきたい」

「へい」

「それから、いずれ三蔵から師匠に何か言ってくるような気がする。ときたま、師匠のところに顔を出し、様子を窺うのだ」

「わかりました」

太助は張り切って答えた。

剣一郎の役に立てることが、太助にとっては喜びなのだ。そんな太助を剣一郎はいじらしく思った。

翌朝、深川門前仲町の自身番の使いが、小巻の言伝てを持って剣一郎の屋敷にやってきた。剣一郎はすぐに櫓下の『柊家』に行った。

入口脇の小部屋で向かい合って座るなり、小巻が口を開いた。

「あのあと、すぐに例のお客さんがやってきたんです」

「うむ、ずいぶん早かった。で、何かわかったか」

「はい、お客さんは三太郎に三味線堀でばったり会ったと言っていました」

「なに、三味線堀か」

「はい。夕方でしたけど、見間違いではないと」

「三太郎と言葉を交わしたのか」

「はい、交わしたそうです」

「どんなことだ？」

「たいしたことではありません。三太郎さんが、私は元気かときいてきたそうです。それだけです」

「ほんとうにそれだけか」

「…………」

「どうした？」

「私のところにどうして通わなくなったのだとお客さんがきいたら、私以上に好きな女子が出来たと」

小巻は捨て鉢ぎみに言う。

「そなた、ほんとうは三太郎に……」

惚れていたのかと、言おうとした。

「……三太郎さん、私を身請けしてくれるって言っていたんです。きっと苦界から抜け出させてやると。私は本気で信じていました」

「そうか」

「青柳さま。三太郎さんは何をしたのですか。辻斬りの正体を知っているというのは、三太郎さんは辻斬りの仲間ということですか」

「そなたは、三太郎は堅気ではないと見抜いていたようだが、実際は何をしている男だと思っていた?」

「さあ」

「では、どんな想像をした?」

「…………」

小巻は俯いていたが、ふいに顔を上げた。

「ときたま、財布に小判がたくさん入っていました。三太郎さんは博打で儲けたと言ってましたが、いつもそんなに付きがあるはずありません。だから……」

　小巻は言いよどんだが思い切って口にした。

「盗人ではないかと」

「盗人か。そなたは、三太郎が盗人だったとしても身請けをしてもらいたかったか」

「……はい。どんなお金でも、ここから抜け出したいと」

「それで、三太郎に賭けていたというのか」

「やっぱり、悪い金ではうまくいきませんよね。三太郎さんがこなくなって身に沁みてわかりました。私は仕合わせなんて望んではいけないのだと」

「仕合わせを望んで何が悪いのだ。自棄になるな。いつか年季も明けよう。きっと、仕合わせになれると強く思うのだ。そうすれば願いは叶う。そう信じるのだ」

「はい」

　目尻を濡らす小巻に平和な日々が訪れんことを願いながら、剣一郎は『柊家』をあとにした。

五

ふつか後の夜、一段と寒さは厳しく、雪でも降りそうな冷気の中、知らせを受け、剣一郎は一石橋の北詰に駆けつけた。

すでに、京之進が待ち構えていた。

「ここに出たか」

剣一郎が予想した場所のひとつだった。

「私もこの辺りを警戒していたのですが……」

京之進は無念そうに言う。京之進は鎌倉河岸から一石橋に向かうところだったという。

剣一郎は倒れている侍を見た。

「青柳さま。斬られたのは浪人です」

京之進が深刻そうな顔で言った。

「浪人だと」

狙う相手は主君を持つ武士だけだと思っていたが、ここに来て浪人まで標的に……。いや、はじめから武士と浪人の区別などしていなかったのかもしれない。たまたま、出会ったのが武士だっただけか。

日の目をみない直参がすべて武士を敵とみなして、殺戮を繰り返しているという見方もしていたが、浪人までとなると……。

やはり、いさかいや怨恨からの犯行ではない。

剣一郎はホトケを見た。髭面の顔が真っ二つにされていた。刀を抜いていて応戦した痕跡があった。

「目撃者は?」

「近くの商家の手代が日本橋のほうに去って行く覆面の武士を見ていました。やはり、大柄でがっしりした侍でした。さらに、聞き込みを続けています」

そのとき、野次馬の中に、知った顔を見て、剣一郎は胸が塞がれそうになった。

剣一郎は野次馬をかき分けた。

「安本さま」

そこに立っていたのは安本だった。

「どうしてここに?」

「辻斬りの狙い目はこの辺りだと見当をつけていたのだ」

安本は言い、

「残念だ。もっと早くここに来ていれば巡り合えたものを」

と、悔しそうに嘆く。

「安本さま。いけません。お考え直しください」

「青柳どの。今のわしにはこれしか考えられんのだ。何もしないでいることは耐えられぬ。止めても無駄だ」

安本は厳しい顔で言い、

「辻斬りの正体はまだ見当もつかぬのか」

と、きいた。

「まだです」

剣一郎は言ってから、

「辻斬りは妖刀雲切丸を使っています。おそらく、辻斬りは妖刀雲切丸によって、自身の実力以上の力を出しているはずです」

「それでもやらねばならぬのだ。失礼する」

安本は踵(きびす)を返した。

剣一郎は茫然と安本を見送った。

安本の決意は固い。しかし、安本が辻斬りと出会う機会はほとんどないに等しい。そこが救いだが、万が一ということも考えられる。

早く、辻斬りを見つけ出さねばならないと、剣一郎は焦りを覚えた。


翌朝、出仕した剣一郎は長谷川四郎兵衛に呼ばれ、宇野清左衛門とともに向かい合った。四郎兵衛は気難しい顔で、

「またしても、辻斬りの凶行を許してしまったそうではないか」

と、非難した。

「申し訳ありません」

剣一郎は謝った。

「しかも、妖刀雲切丸の手掛かりさえも摑めておらぬではないか」

「おそらく、雲切丸は辻斬りの手に渡っているものと思えます」

「お奉行は、老中から叱責を受けるかもしれないと覚悟して登城された。今後の見通しはどうなのだ?」

四郎兵衛は厳しく問い詰める。

「徐々に、辻斬りを包囲しております。おそらく、まだ辻斬りが現われていない下谷、浅草辺りに住む武士であろうという見方をしています。また、的場さまのお屋敷から妖刀雲切丸を盗んだ人物が浮かび上がりました。その人物の探索を進めています」

「だが、特定は出来ていないのではないか」

四郎兵衛はなおも責める。

「残念ながら」

「辻斬りが雲切丸を持っていることは間違いないのか」

「間違いないと思います」

剣一郎は続ける。

「被害に遭ったのが皆武士であることから、下手人は武士社会に不満を持つ者、不遇をかこっている者と考えましたが、昨夜殺されたのは浪人でした。この点は見誤りでした。辻斬りはあくまでも自分の腕をためし、ひとを斬りたいだけのようです」

「すると、今後も辻斬りは続くのだな」

四郎兵衛は困惑しながら言う。

「続くと見たほうがいいでしょう。逆にいえば、もしこれで犯行がやめば、それこそ、辻斬りを見つけ出すことは困難になりましょう。幸か不幸か、妖刀雲切丸のおかげでまだ犯行は続く。現場を押さえる機会があるということです」

「もし、また犠牲者が出たら、どうするのだ？」

四郎兵衛はきいた。

「それは……」

剣一郎は返答に窮した。

「そのときは、青柳どの、そなたの責任だ」

「長谷川どの、何を言われるか」

それまで黙って聞いていた清左衛門が口をはさんだ。

「青柳どのは……」

「わかっておる」

四郎兵衛はいらだったように、

「その覚悟で、探索に当たって欲しいということだ。ともかく、城内でお奉行に肩身の狭い思いをさせてはならぬ」

と、吐き捨てるように言って立ち上がった。

「頼みましたぞ」

四郎兵衛はさっさと部屋を出て行った。

「長谷川どのの頭にあるのは、お奉行の体面だけだ。困った御仁だ」

清左衛門は苦笑した。

が、すぐに真顔になり、

「しかし、これ以上、辻斬りをのさばらせておくことは許されぬ」

「はい、心して当たります」

剣一郎は悲壮な覚悟で応じた。


清左衛門と別れ、与力部屋に戻ると、京之進が近寄ってきた。

「勝手に待たせていただきました」

「よい」

剣一郎は京之進と向き合った。

「さっそくですが、被害に遭った浪人の身元がわかりました。三河町(みかわちょう)の裏長屋に住む橋村恭太郎(はしむらきょうたろう)で、昨夜は芝の知り合いを訪ねての帰りだったようです」

「そうか、不運だったとしかいいようがないな。妻子は?」

「おりません」

「独り身だったか」

悲しむ人間がいないからといって許すことはできない。

「それから、大柄でがっしりした体格の侍を伊勢町堀で見たという職人がおりました。辻斬りが凶行を犯す少し前です。四角い、えらの張った顔だったそうです。その特徴から角谷どのではないかと」

「相変わらず、辻斬りを追っているのか」

「そのようです」

「しかし、伊勢町堀と一石橋、そう離れていないな。伊勢町堀から一石橋のほうに向かうところだったのかもしれない。つまり、もう少しのところで、辻斬りと出会っていた……」

剣一郎ははっとして、

「角谷どのは辻斬りの動きを読んでいる。もしくは角谷どのに気付いた辻斬りが近付いているのか」

と、驚きの声を上げた。

「そうですね。角谷どのはどういう理由で、伊勢町堀に……」

京之進も気にした。

「一度、角谷どのに会ってみよう」

こちらが気づかない何かを知っているのかもしれない、と剣一郎は思った。


昼過ぎ、剣一郎は編笠をかぶり、本所南割下水の角谷松之助の屋敷を訪れた。

玄関に立ち、訪問を告げると、すぐに角谷本人が現われた。

「南町の青柳剣一郎と申します。角谷どのですか」

剣一郎は声をかける。

「そうだ」

「少し、お話がしたいのですが」

「どうぞ」

角谷は上がるように言う。

「失礼」

刀を腰から外し、式台に上がる。刀を預ける奉公人もいないので、そのまま玄関脇の部屋に入った。

「辻斬りのことでござるか」

角谷はいきなりきいた。

「そうです。昨夜、伊勢町堀のほうに行かれましたね」

「行った」

角谷は素直に答えた。

「辻斬りを追って？」

「ああ」

「なぜ、伊勢町堀に？」

「今度はあちら方面だと見当をつけた」

角谷の目が鈍く光った。

「どうしてそう思われたのですか」

「なんとなくだ」

「伊勢町堀からどちらに向かうつもりだったのですか」

「一石橋のほうだ。もう少し早かったら、辻斬りと会えたと思うと残念だ」

角谷は口惜しそうに言う。

「先日は、三味線堀の周辺にいたようですが、あの近辺ではないと考えたわけは？」

「町方がたくさん見廻っていたので、ここには現われないと思った」

角谷は目を伏せて言う。

「なぜ、一石橋だと？」

「勘だ」

声が小さい。

「では、今度はどこに？」

「まだわからない」

「これからも、辻斬りを追い続けるつもりですか」

「…………」

「退治をして名を上げ、小普請支配どのの覚えをめでたく……」

「そうだ」

角谷は口元を歪め、不快そうに言った。

「同心から聞いたと思いますが、辻斬りは妖刀雲切丸を持っているかもしれません。相当な剣の腕前でしょう。極めて危険なことです」

「わかっている」

「失礼ですが、お子もまだ小さいようですが」

「…………」

「危険を承知しながら闘うつもりですか」

「そうだ。青柳どのには非役の惨めさはおわかりにならぬだろう」

角谷は憤然という。

「それほどの情熱がおありなら、辻斬りを利用せずとも御番入りは果たせるのではないですか」

「競争相手はたくさんいるのだ」

「そもそも、辻斬りを退治することで、御番入りの道が開けるのですか。その保証はあるのですか」

「…………」

「角谷どのが勝手にそう思い込んでいるだけでは？」

「そんなことはない」

「派手に名を上げて、自分を売り込むことを嫌う御方もいるのではありませんか。支配どのがどういうお考えか確かめたほうがよろしいのでは？」

剣一郎は諭すように言う。

「信じる道を進むしかない」

角谷は譲らなかった。

「わかりました。これ以上は何も言いますまい」

剣一郎は引き下がり、

「最後に、もう一度おききしたい。なぜ、辻斬りが一石橋にいるとお思いに？」

「だから、勘だ」

「角谷どのの勘ですか」

「……そうだ」

間があった。

角谷は何か隠していると思った。問い詰めても何も話すまい。

「お邪魔しました」

剣一郎は角谷の屋敷を辞去した。

南割下水の武家地を抜けて、亀沢町から回向院(えこういん)の脇を通って両国橋(りょうごくばし)に向かった。

「青柳さま」

後ろから名前を呼ばれた。声だけで太助だとわかった。

　立ち止まって振り返る。

「青柳さま。どうしてこんなところに？」

「角谷どのの屋敷を訪ねたところだ。太助は？」

「亀沢町の杢兵衛店に行ってきました」

　三蔵が半年ほど前まで住んでいたところだ。

「三蔵を訪ねてきた者がいないか、住人に当たってみました」

「そうか。で、どうだった？」

「三蔵の隣に住んでいる大工のかみさんが、何度か商家の手代らしい男が訪ねていたと言ってました。三十前の腰の低い男だったそうです」

「どこの誰かは？」

「わかりません」

「そうか。だが、有力な手掛かりだ。よく気がついた」

「へえ」

　太助はうれしそうに笑った。

「そうだ。せっかくここに来たのだ。音曲の師匠に会ってみたい。案内してくれるか」

「へい、こっちです」

剣一郎は太助の案内で横網町に向かった。

二階長屋のとば口の家にかかった音曲指南の看板に、常磐津文字竹とあった。

太助が戸を開けると、三味線の音が聞こえてきた。土間には履物がないので、弟子が来ているわけではなさそうだった。

「ごめんください。猫の蚤取りの太助でございます」

三味線の音が止んで、しばらくして小粋な女が出てきた。

「師匠、突然、すみません。じつは南町の青柳さまが師匠にお尋ねしたいことがあるというので」

「まあ、青柳さまがですか」

文字竹は目を瞠った。

「太助が世話になっているそうで礼を言う」

「とんでもない、私のほうがお世話になっています」

文字竹は如才なく言い、

「どうぞ、お上がりください」

と、促した。

「いや、すぐ済むのでここで」

剣一郎は土間に立ったまま、

「太助が尋ねたと思うが、三太郎のことをききたい」

と、切り出した。

「はい」

「三太郎は三年前から通いだし、半年ほど前まで稽古に来ていたそうだな」

「そうです」

「半年ほど前から急に来なくなったわけを、そなたは知っているのではないか」

「えっ？」

文字竹は戸惑ったような顔をした。

「三太郎は音曲に身が入っていたか」

「いえ、稽古にはあまり熱心ではありませんでした」

剣一郎は間を置き、

「そなたは芸者をしていたそうだが」

と、きいた。

「はい」

「身請けされたのだな」

「そうです」

「誰だ？」

「答えなくてはだめですか」

文字竹は顔をしかめた。

「いや、いい。調べればわかることだ」

剣一郎が言うと、文字竹はため息をついた。

「わかりました。言います。薬種問屋『大黒屋（だいこくや）』の旦那です」

「名は？」

「甚右衛門（じんえもん）さんです」

「甚右衛門はどんな男だ？」

「金に飽かしての道楽三昧の御方です。裏地が派手な模様の長い羽織を着て、お座敷に来ていました。五年前に身請けをされましたが、こうして弟子をとることを許してくれています」

「ここにはどれほどの頻度（ひんど）でやってくるのだ？」

「最初の頃は三日に一度でしたが、最近は半月に一度くらい」

頭の中で、もやもやしたものがだんだん薄くなっていく。

三蔵は文字竹と出会い、『柊家』の小巻から文字竹に気持ちが移った。しかし、三年ものあいだ何もなく通っていたのか。そこがひっかかっていた。

「これは答えにくいだろうが、ぜひ教えてもらいたい。そなたは三太郎とはどういう関係だった？　師匠と弟子ではないな」

「……………」

文字竹は俯いた。

「どうやら、深い仲だったようだな。だから、三太郎は弟子というのを隠れ蓑に、三年もここに通っていたのだ。どうだ？」

「そうです」

「それなのに、半年ほど前から姿を現わさなくなった。喧嘩別れをしたわけではあるまい」

「はい」

「ふたりの仲が旦那にばれたのではないか」

剣一郎は文字竹の顔色を窺った。

「たぶん」

「たぶん?」

「三太郎さんは突然ぴたっと来なくなってしまいました。旦那は何も言いません。でも、旦那にばれたと思っています」

文字竹は正直に答えた。

「つまり、甚右衛門がひそかに三太郎に因果を含め、そなたと別れさせたというのだな」

「そうだと思います」

文字竹は自嘲ぎみに言い、

「三太郎さん、どうしているのでしょうか。まさか、殺されているなんてことは」

と、不安そうにきいた。

「どうして、そう思うのだ?」

「あの旦那、とても冷酷なところがあるので」

「そうか。だが、それはないはずだ」

「そうですか」

文字竹はほっとしたようにため息をついた。

剣一郎と太助は文字竹の家を出た。

「三蔵の長屋を訪ねた手代ふうの男は、甚右衛門のところの手代かもしれぬ」

「はい。調べてみます」

太助は元気よく答えた。

着実に核心に迫っているという手応えを、剣一郎は感じていた。

第三章　雪見の会

一

師走に入ると、通りを歩くひとの足取りもどことなく忙しない。

剣一郎と太助は、御蔵前片町にある札差『宝井屋』に来ていた。

客間で待っていると、四十絡みの主人が入ってきた。

「お待たせいたしました。手前が主人の藤兵衛にございます」

渋い感じの男だ。

「薬種問屋『大黒屋』の甚右衛門とは親しいそうだが」

剣一郎は切り出す。

「親しいというより、季節ごとに優雅の会を開いている仲間です。それ以外では、会う機会はありません」

藤兵衛は答える。

「優雅の会とは？」

「雪見、花見、花火、月見に引っかけて集まり、仮装したり、素人芝居をしたりと馬鹿騒ぎをする趣味人の遊びです」

「お仲間は何人ほど？」

「今は九人です。酒問屋や呉服問屋といった大店の主人など」

藤兵衛は説明する。

「『大黒屋』の甚右衛門はどんな人物か教えてもらいたい」

「俳諧、音曲、芝居など、たくさんの道楽を持った御方です。何事にも関心が高く、変わったことにも目が行くようです」

「変わったこと？」

「仮装をするのを思いついたのも、甚右衛門さんです。ようするに、毎日が退屈なのでしょうね。だから、刺激を求めているのです」

「刺激をか」

剣一郎は考え込んだ。

「我々は優雅の会で集まったお座敷で仮装を楽しむだけですが、甚右衛門さんはときたま仮装で町を歩くそうです。あるときは、ものもらいに扮して銭を恵んでもらったり、托鉢僧になって喜捨してもらったり……」

藤兵衛は苦笑し、

「とにかく、変わった御方です」

と、真顔になった。

「人柄はどうなのだ？」

「さあ、どうでしょうか」

藤兵衛は曖昧に笑った。

「何かあるのか」

「一度、こんなことがありました。向島の料理屋での集まりのとき、鯉の味がおかしかったんです。ある者がたまたま庭に入り込んだ犬に食べさせようとしたのですが、犬は鼻をつけただけで食べませんでした。それを料理屋の奉公人に、食べきったら十両を出すと」

「腐っていたのか？」

「はい。周りは止めさせようとしたのですが、下男が食べました。そのあと、激しく吐いていました。それを見て、甚右衛門さんは笑っていましたが、最後は不満そうでした」

「おそらく、七転八倒（しちてんばっとう）の苦しみを期待したのか、さらにいえば……。いえ、あとは私の想像になってしまいますから」

死まで期待したと言おうとしたのか。

「なんて酷（ひど）いことを」

横にいた太助が思わず叫んだ。

「もちろん、その下男に十両を渡しましたが」

藤兵衛は声を落とし、

「甚右衛門さんの冷酷な一面を見た気がしました」

と、ため息混じりに言った。

「なるほど」

「あっ、よけいなことを話したかもしれません。今の話はあくまで私の印象でして、同席者の中には、甚右衛門さんは優しく、金に困っている下男に、あのような形で十両を恵んでやったのだと言う者もおりました」

「だが、下男に食べさせたのは事実なのだな」

「はい」

「不満そう？」

「甚右衛門に妾はいるのか」

「はい。芸者を身請けしたと聞いたことがあります」

剣一郎は話を変えた。

「甚右衛門は刀剣に興味を持っているか」

「刀剣ですか。いえ、聞いたことはありません」

「そうか。他には何か」

「そうそう」

藤兵衛は思いだしたように、

「怨霊とか祟りに興味があるようです」

と、口にした。

「一度、会の席で、呪いでほんとうにひとを殺せるのかと言い出したのです。丑の刻参りをためしたいと」

「丑の刻参りをためすだと?」

剣一郎は唖然となった。

「はい。それで料理屋の女中を集め、誰にでも殺したいほど憎んでいる相手がいるだろう、丑の刻参りをすれば五十両やると」

「呆（あき）れた」

「さすがに、誰も手を上げる者はなく、話はなくなりましたが」

藤兵衛は顔をしかめて言い、

「ようするに、甚右衛門さんは生きていることに飽（あ）いているんです」

と、半（なか）ば貶（さげす）むように言った。

剣一郎は少し間をとって、

「最近、甚右衛門に会ったか」

と、きいた。

「数日前に会いました。そろそろ雪見の会があるので、その相談に」

「そなたと甚右衛門が、世話役なのか」

「はい。世話役はふたり一組で持ち回りでやっています」

「なるほど。で、甚右衛門の様子はどうだ？　機嫌はよかったか」

「そういえば、かなり饒舌（じょうぜつ）でした。機嫌はよかったようです」

「退屈をしているようには？」

「そんな感じはありませんでした」

藤兵衛はこれまで抑えてきたものを吐き出すように、

「青柳さま。甚右衛門さんに何か」

と、きいた。

「いや、たいしたことではない」

曖昧に言い、

「ところで、最近、辻斬りが出没しているが、知っているか」

「はい。瓦版でも報じていますので」

再び、藤兵衛は不審そうな顔で、

「甚右衛門さんは辻斬りと何か関係が……」

と、きいた。

「なぜ、そう思う?」

剣一郎は逆にきいた。

「先日会ったとき、甚右衛門さんが辻斬りの話をしていたのです」

「どうして、その話題になったのだ?」

剣一郎は思わず厳しい顔になった。

「雪見の会では、世話役として何か出し物を考えることにしています。そのことを話し合っていて、何か皆さんが驚くようなものがあれば、と私が言ったら、今出没している辻斬りを客として招待しようかと。もちろん、冗談でしょうが、そのときの甚右衛門さんの顔が真剣で」

藤兵衛はさらに、

「辻斬りが現われたら皆恐ろしさに打ち震えてしまいますよと返したら、偽者を登場させてはどうかと、笑っていました。偽者に、なぜ辻斬りを働くようになったか、そのわけをもっともらしく語らせたら面白いではないかと」

「しかし、所詮偽者が作り話をしても、迫力はないと思うが」

剣一郎は疑問を投げかける。

「はい。私もそう言いました。そうしたら、そこはうまく考えると。冗談とも本気ともつかない口振りでした」

「で、その出し物になったのか」

「まだわかりませんが、甚右衛門さんならやり兼ねません」

その他いくつかきいて、剣一郎は話を切り上げた。

「わしがいろいろきいてきたということは、甚右衛門には言わないでもらいたい」

「わかりました」

藤兵衛は怪訝(けげん)な顔で頷(うなず)いた。

「邪魔をした」

剣一郎は腰を上げた。

『宝井屋』を出て、太助が小声で言った。

「青柳さま。甚右衛門の考えた出し物というのは、妖刀雲切丸を披露するためじゃありませんか」

「わしもそう思う」

「甚右衛門を問い詰めれば辻斬りの正体が?」

「証(あかし)がない。とぼけられるだけだ」

「三蔵とのことは?」

「文字竹と三蔵に関係があっても、甚右衛門と三蔵につながりがあるとは言えない。しらを切られるだけだ。言い逃(のが)れの出来ぬ証がなければ、問い詰めてもだめだ」

「三蔵の長屋を訪ねた手代(てだい)ふうの男ですね」

「そうだ。その男が甚右衛門のところの手代なら、三蔵とのつながりを指摘出来る」

「一度、『大黒屋』の店に客として入ってみたんですが、三十前で腰の低いという手代が見当たらないのです。もう一度、行ってみます。怪我をしたと言って薬をもらおうと思います」

「怪我？」

その言葉で、剣一郎はあることに気がついた。

「そうだったか」

「何か」

「的場さまの屋敷から妖刀雲切丸を盗んだ人物は、霧島宗次郎の投げた小柄で左の二の腕を負傷した。医者にいかず、『大黒屋』の薬で治したのだ」

剣一郎は想像した。

「そう考えれば、医者に行かなかった理由も納得いく。だが、これも証はない。まだ甚右衛門を追及することは出来ない」

だが、剣一郎は意気込んだ。

「いずれにしろ、甚右衛門が鍵を握っているのは間違いない。京之進にも話して、甚右衛門の周辺を念入りに洗えば何か出てくる」

剣一郎は太助と別れ、奉行所に向かった。

同心詰所(どうしんつめしょ)に京之進が帰ったら来るように言付けていたが、京之進が戻ってきたのは夕方七つ(午後四時)近かった。

剣一郎は京之進を伴(ともな)い、宇野清左衛門のところに行った。

清左衛門は待っていたように立ち上がり、年番方与力(ねんばんかたよりき)の部屋の隣の小部屋に剣一郎と京之進を誘(いざな)った。

「さっそくですが」

と、剣一郎はふたりの顔を交互に見て、語りだした。

「的場家から妖刀雲切丸を盗んだ猿の三蔵の行方について、あることがわかりました。三蔵は三太郎と名乗り、横網町の音曲の師匠常磐津文字竹といい仲になっていました。ところが、半年ほど前に、突然、文字竹の前から姿を消しています」

清左衛門と京之進は真剣な表情で聞いている。

「文字竹の旦那(だんな)は横山町の薬種問屋『大黒屋』の主人甚右衛門です。おそらく、ふたりの仲が甚右衛門にばれたのだと思います。このことは、突然、三蔵が文字竹の前から姿を消したことから想像がつきます。問題はそのあとです」

剣一郎は息継ぎをし、

「その前に、甚右衛門という男についてお話しします」

と言い、風流人であると同時に、変わった遊びを好む奇矯な男だという話をした。

「それは私も知っています」

京之進が口をはさんだ。

「いつも裏地に派手な意匠を施した長い羽織を着て、町中を闊歩しています」

「そうです。甚右衛門はいつも退屈をしていて、いろいろ考えては遊んでいる道楽者です」

札差の藤兵衛から聞いた話を披露し、

「ここで注目すべきは、甚右衛門は祟りや呪いに興味があるということです」

「うむ。丑の刻参りをさせようなど、異様だ」

清左衛門も呟くように言い、

「なるほど。それで、妖刀雲切丸に興味を示したか」

と、合点したように言う。

「はい。ただ、甚右衛門が最初から知っていたのか、三蔵が甚右衛門の機嫌をとるために雲切丸の話をしたのかわかりませんが、甚右衛門が三蔵に妖刀雲切丸を盗むように命じたのだと思います」

剣一郎はさらに続ける。

「妖刀雲切丸が的場さまの屋敷のどこにあるのか。母屋か土蔵の中か。それを調べるために、甚右衛門は網代笠(あじろがさ)によれよれの墨染め衣(ころも)の乞食(こじき)坊主に変装し、的場家に入り込んだのです。甚右衛門は変装して遊ぶことを得手(えて)としています」

「それで、三蔵は迷わず土蔵に侵入できたのですね」

京之進は興奮していた。

「こうして、妖刀雲切丸は甚右衛門の手に渡った。さて、ここからです」

剣一郎は間をとり、

「甚右衛門は妖刀雲切丸を味わい楽しむために手に入れたのではありません。妖刀雲切丸を持った武士がその魔性に魅入られ、そして雲切丸がひとの血を吸っていくのを見たかったのです。だから、それを何者かに渡した……」

「それが辻斬りか」

清左衛門が唸(うな)る。

「そうです。甚右衛門は妖刀雲切丸を客の剣客に預けたのでしょう。そして、その剣客が妖刀雲切丸に取り憑かれていく様を楽しみ、辻斬りを働いているのを見て、ほくそ笑んでいるのではないかと」

「なんという男だ」

「あくまでも私の想像に過ぎません。しかし、甚右衛門が妖刀雲切丸の盗みに関わっていることは間違いないと思います。三蔵の行方も、甚右衛門が知っているはずです」

剣一郎は言い切った。

「強引に甚右衛門を捕らえ、口を割らせられないか」

清左衛門が目をぎらつかせて言う。

「証がなく、しらを切られるだけです」

「そうだな。よし、今後、甚右衛門を念入りに洗い、証を摑むのだ。もはや、これ以上の犠牲者を出すことは許されぬ」

清左衛門が激しい声で言う。

「わかりました」

剣一郎は頷き、京之進に目を向け、

「甚右衛門を見張り、どこに出かけ、誰と会っているか、調べるのだ」

と、命じた。

「はっ、さっそく手配を」

京之進は勢いよく立ち上がって、部屋を出て行った。

「今度こそ、核心に迫れそうだ」

清左衛門は期待に声を震わせた。

「必ずや」

剣一郎は誓うように言った。

二

剣一郎は横網町の常磐津文字竹の家を訪れた。

戸を開けると三味線の音と共に、男の声が聞こえてきた。土間には男物の草履があり、弟子に稽古をつけているようだった。

住込みの婆さんが出てきて、

「きょうはお稽古日でして」

と、すまなそうに言う。

「わかった。稽古はいつまでかかる？」

「昼下がりには終わります」

「その頃、出直そう」

「申し訳ありません」

剣一郎は戸を開けて外に出た。

そこに、隠居ふうの年寄りがやってきた。剣一郎を見て、驚いたように頭を下げた。

「青柳さまで？」

「うむ。文字竹のお弟子さんか」

剣一郎はきいた。

「そうです。下手(へた)の横好きで」

隠居は答える。

「ここに通っていた三太郎という男を知っているか」

剣一郎は思いついてきいた。

「へえ、何度か顔を合わせたことがあります」

「最近、こなくなったそうだが」

「そういえば、師匠の家では姿を見かけませんね」

「師匠の家では？　それ以外では見かけたのか」

剣一郎は聞きとがめた。

「つい先日、回向院の境内で見かけました。言葉は交わしませんでしたが」

「回向院の境内？　ひとりだったか」

「ひとりでした。誰かを待っているような」

「誰かを？　誰か思い当たらぬか」

「いえ、わかりません」

「そうか。呼び止めてすまなかった」

「へい」

軽く頭を下げ、隠居は文字竹の家に入って行った。

（文字竹……）

剣一郎は呟いた。

甚右衛門に隠れて、三太郎こと三蔵は文字竹とこっそり会っているのではないか。文字竹がそのような気振りを見せなかったのは、甚右衛門に話が伝わるのを恐れてかもしれない。

昼過ぎまで、剣一郎は亀沢町の杢兵衛店に行き、三蔵が住んでいた頃の様子を聞いてまわり、八つ（午後二時）過ぎに文字竹の家に行った。

「最前はすみませんでした」

文字竹は上がり框の近くに座って頭を下げた。

「いや、稽古日と知らずにやってきたほうが悪い」

剣一郎は刀を腰から外して座ると、

「また、三太郎のことできたい」

「はい」

「その後、三太郎から何か連絡はないか」

「ありました」

文字竹はあっさり答え、

「青柳さま、ご隠居からききました。青柳さまから三太郎さんのことを聞かれたと」

と、ため息混じりに言い、

「もう、隠せませんね」

「やはり、三太郎から呼出しがあったのか」

「ありました。近くの酒屋の小僧さんに回向院の境内で待っていると言伝てをして」

「なぜ、ここにやってこなかったのだ？」

「旦那が怖いんでしょう」

　文字竹は顔をしかめて言う。

「甚右衛門はそんなに怖いのか」

「ええ、もう一度私の前に顔を出したら、ただじゃすまないと脅されて、言うとおりにしていたんでしょう。でも、こっそり連絡をとってきたんです」

「回向院に行ったのか」

「いえ、行きませんでした」

「なぜ？」

「私も旦那が怖いですから」

「未練はないのか」

「もう終わったと踏ん切りがついたところでもあるんです。ですから、無視しました」

「冷めているな」

「旦那の脅しに屈して連絡を断ったくせに、今さら会いたいと言ってきても。それもこそこそと」

文字竹は冷え冷えとした口調で言う。

顔色を窺うが、嘘をついているようではなかった。

「それにしても、三太郎はなぜ今になって連絡してきたのだ？　旦那に見つかったらひどい目に遭うはずなのに」

「さあ」

「また、連絡を寄越すかもしれぬな」

「どうでしょうか」

「もし、三太郎から何か言ってきたら受けてもらいたい。どうしても、三太郎に会わねばならぬのだ」

「わかりました。もし、連絡があったらお報せします」

「頼んだ。それからもうひとつ。甚右衛門はいつもここにくるときはひとりか」

「ええ。ひとりです。でも、旦那の使いでやってくる手代はいます」

「手代？　名は？」

「治助さんです。三十前の腰の低いひとです。いずれ、番頭に昇格する男だと、旦那が言っていました」

三蔵の長屋に現われた手代ふうの男にちがいない。

「わかった。では、三太郎の件は頼んだ」

剣一郎は念を押して、文字竹の家をあとにした。

剣一郎は両国橋を渡った。川風が頰を刺すように冷たかった。

両国広小路を抜けて横山町に入る。薬種問屋『大黒屋』の前にやってきた。

客らしい武士が暖簾をくぐって行く。

(武士か)

剣一郎は呟く。

辻斬りは、客として『大黒屋』に出入りをしていた武士ではないか。

甚右衛門は客の武士に妖刀雲切丸を貸しあたえることにした。妖刀雲切丸を手にしてどんな変化が起きるか、確かめようとしたのではないか。

『大黒屋』の店先を見ていて、剣一郎はおやっと思った。中から太助が出てきたのだ。

太助も剣一郎に気づいた。

剣一郎は浜町堀のほうに歩きだすと、太助がそのあとをついてくる。

浜町堀に出て、剣一郎は立ち止まった。

太助がそばにやってきた。

「三蔵の長屋に現われた三十前くらいで腰の低い男がいました」

「治助だな」

「どうしてご存じなのですか」

太助は驚いてきき返した。

「文字竹の家に、ときたま甚右衛門の使いでやってくる治助という手代がいたのだ」

「そうでしたか」

剣一郎は答える。

太助は気負って、

「これで甚右衛門を問い詰められますね」

と、声を弾ませた。

「いや、まだだ」

剣一郎は慎重になった。

「文字竹を寝取った男として、治助に調べさせたと言い訳が出来てしまう。ただ、これで、甚右衛門と三蔵が繋(つな)がっていることははっきりした。三蔵が盗人(ぬすっと)だと明らかになれば……」

「あと一歩足りませんか」

太助は残念そうに言う。

「辻斬りは、『大黒屋』の客の武士かもしれない。甚右衛門はその武士に妖刀雲切丸を渡したらどうなるかを試そうとしたのではないか」

剣一郎は清左衛門と京之進に話した想像を口にした。

「じゃあ、『大黒屋』の客の武士を調べれば、突き止められるということですね」

「わしの勘(かん)でしかないが」

「青柳さまの勘は外れたことはありません」

太助は信じきって言う。

「今、京之進のほうで甚右衛門の動きを見張っている。何か摑んできたら、少々強引でも甚右衛門を捕らえるつもりだ」

剣一郎は覚悟を固めていた。

その夜、太助とともに夕餉をとり、居間に戻ったとき、京之進がやってきた。

夜廻りに出る前に、屋敷に寄ったのだ。

「ごくろう」

剣一郎は声をかける。

「はっ」

京之進は膝を進め、

「今日、甚右衛門が的場さまの屋敷を訪ねました」

「なに、的場さまの屋敷だと」

思いも寄らない話に、剣一郎は戸惑った。

「甚右衛門はどのくらい滞在した？」

「半刻（一時間）足らずです」

「何を話したのか」

剣一郎は気になった。

「甚右衛門が引き上げたあと、どんな用向きだったか、的場さまを訪ねようかと思いましたが、同心風情ではまともに答えてくれないでしょう。それで、青柳さまにお願いすべきかと」

「よし。的場さまのところには妖刀雲切丸の探索の経過報告もしなければならないところだった。明日にでも訪ねてみる」

「はい、では、私は夜廻りに」

「今はどこに狙いを？」

「下谷広小路から池之端仲町です」

「わかった」

京之進が引き上げたあと、

「まさか、甚右衛門は妖刀雲切丸のことで訪れたのでは？」

と、太助がきいた。

「甚右衛門は雪見の会である出し物を考えているらしい。それは、偽の辻斬りを用意するというものだ。まさか、本物が名乗って出るわけはない。だから、偽者を仕立てるのだろうが、偽者とすぐにばれては趣向は失敗だ。だが、偽者でも妖刀雲切丸を持って現われたら一同の度肝を抜くだろう」

「そうすると、雲切丸を辻斬りから取り上げるということですか」

「そうなるな」

剣一郎ははっとした。

「甚右衛門はもはや辻斬りをやめさせる気なのだ。六人を殺し、甚右衛門の欲求は満たされたのだろう」

甚右衛門の目は雪見の会に向かっているのだ。

翌朝、剣一郎は草履取りを伴い、愛宕下にある的場重吾の屋敷を訪れた。

客間に通されて、用人の木田伊平と向かい合った。

白髪の目立つ木田は、

「殿は登城されている」

と、言った。

「いえ、木田さまで」

剣一郎は木田に問えば十分だと思った。

「妖刀雲切丸の件について、わかったことをご報告に上がりました」

「いや、そのことだが、妖刀雲切丸の行方がわかったのだ」

「昨日、薬種問屋『大黒屋』の主人甚右衛門がこちらにやってきたそうですね」

「知っていたのか」

木田は頷き、

「妖刀雲切丸がめぐりめぐって甚右衛門のところに渡ったそうだ。ある男から高値で買い取ったという。そのあとで、甚右衛門は当家から盗まれたことを知り、相談に来たのだ」

と、説明した。

「相談？」

「うむ。もともと当家から盗まれたものだからお返しするのが筋だと申して」

「ご当家の返事は？」

「もちろん、返してもらいたいと」

「では、雲切丸は戻ってくるのですね」

「それが、買い取ってもらいたいとのことだった。高い金を払っているのだからと」

「それで？」

「後日、改めて話し合いをすることに」

「あの刀が辻斬りに使われていたことは言ってましたか」

「いや」

木田は首を振り、

「やはり、辻斬りがあの刀を……」

「はっきりとはわかりません。しかし、もしそうなら、妖刀雲切丸に魅入られ辻斬りを続けていることに。甚右衛門はその辻斬りから雲切丸を取り上げたか、取り上げようとしているのです」

「なぜ、あの者が辻斬りを知っているのだ？」

「剣客に妖刀雲切丸を預け、辻斬りをさせたのが甚右衛門だと考えています」

剣一郎は言い切った。

「まさか」

木田は目を見開いた。

「ここまでの経緯を説明いたします。霧島宗次郎どのにもいっしょに聞いていただきたいのですが」

「わかった」

木田は手を叩いた。

襖が開き、若い侍が顔を出した。

「霧島をここに」

木田が命じた。

若い侍が去ると、

「いったい、甚右衛門とは何者なんだ？」

と、木田は顔を向けた。

「薬種問屋の主人ですが、金に飽かして道楽の限りを尽くしている男です。いちおう趣味人、風流人としても名が通っていますが、世の中に退屈し、己が満足するためなら手段を選ばない男です」

剣一郎は甚右衛門の異様な性癖を話した。

「霧島です」

襖の外で声がした。

「入れ」

木田が応じる。

霧島が入ってきて、木田に言われるままに横に腰を下ろした。

「妖刀雲切丸の盗難に関してわかったことをお話しいたします」

ふたりの顔を交互に見て、剣一郎は切り出した。

「土蔵から雲切丸を盗んだのは猿の三蔵という盗人だと思われます。三蔵は十五年前まで刀剣屋の『剣屋』で働いており、妖刀雲切丸が的場さまのお屋敷にあることを知っていたのです。この三蔵が半年ほど前に、あるきっかけで横山町にある薬種問屋『大黒屋』の主人甚右衛門と出会ったのです」

剣一郎は息継ぎをし、

「この甚右衛門は、さきほども木田さまにお話しいたしましたが」

と、甚右衛門の性格や性癖を話し、

「甚右衛門は三蔵から妖刀雲切丸の話を聞き、持ち前の異常な好奇心から、妖刀雲切丸の力を試そうと、剣客に妖刀雲切丸を渡した」

それから、辻斬りがはじまったと語り、

「甚右衛門は風流人と称する者たちの集まりで、近々開かれる雪見の会に、妖刀雲切丸を披露するという出し物を考えているのだと思われます。そのために、妖刀雲切丸のもともとの持ち主である的場さまの承諾を得ようとしたのでしょう」

「なぜ、甚右衛門は勝手に雲切丸を使おうとしなかったのですか」

霧島が疑問を口にした。

「自分が盗みとは無関係で、雲切丸を手に入れたのはたまたまだと言い逃れるために手を打っておいたのでしょう。的場家から盗まれた刀を持っていたとなれば、当然奉行所から調べられますから」

「辻斬りの正体はわかっているのか」

木田がきいた。

「おそらく、気うつを抱えていて、『大黒屋』にその薬を買い求めている者ではないかと」

「そういう者なら、妖刀雲切丸に魅入られると？」

「そう考えたのでしょう」

剣一郎は居住まいを正し、

「これから、甚右衛門を取調べ、猿の三蔵、そして辻斬りの武士の捕縛に向かいます」

と、伝えた。続けて、

「そうそう、こちらを訪ねた乞食坊主は甚右衛門だと思われます」

「甚右衛門？」

「魔除けの祈禱ということで、雲切丸がどこにあるかを確かめたかったのです。甚右衛門はときたま変装して町を歩いているそうです」

「そういわれてみれば、甚右衛門に会ったとき、どこかで見たことがあるように思ったが、まさかあの乞食坊主が」

木田は呆れたように言った。

「もうこれで、辻斬りは現われないのですね」

霧島がきいた。

「甚右衛門の手に妖刀雲切丸が戻れば、辻斬りは終わりです」

剣一郎は答える。

「これで一安心だ」

木田はほっとしたように、

「青柳どの、ご苦労でござった。殿にも報告をしておく」

と、礼を述べた。

いよいよ、甚右衛門と対決だと、剣一郎は勇み立った。

三

昼過ぎ、剣一郎は京之進とともに横山町の薬種問屋『大黒屋』を訪れた。

「主人の甚右衛門に会いたい」

京之進が番頭に声をかけた。

「それが」

番頭が戸惑い顔で、

「昨夜(ゆうべ)からお戻りではなくて」

と、答えた。

「帰ってない？」

京之進が驚いたようにきき返す。

「女のところではないのか」

剣一郎が口をはさんだ。文字竹のところかと思ったのだ。

「いえ、さっき使いをやりましたが、旦那は来ていないと」

番頭は表情を曇(くも)らせ、

「旦那は外泊する場合は必ずそう告げて出かけます」

「供は？」

「手代がいっしょです」

「何という手代だ？」

「治助です」

「治助は甚右衛門のお気に入りか」

「まあ、そうですね」

「行き先にまったく心当たりはないか」

京之進がいらだってきく。

「ありません。治助を連れて行くのは商売以外のときでして」

番頭が言う。

「また出直す」

剣一郎に目顔で確認をとり、京之進は番頭に言って踵を返した。

店の外に出て、弱い陽差しを浴びたとき、剣一郎はふと閃いた。

「妖刀雲切丸を受け取るために辻斬りの侍のところに行ったのではないか」

剣一郎は胸騒ぎがした。

果たして、辻斬りの侍は妖刀雲切丸を素直に返すだろうか。

「気になる。人手を集め、神社の裏や雑木林などを調べるのだ」

「はっ」

剣一郎の不安を察して、京之進は奉行所に急いだ。

西の空が茜色に染まっていた。

剣一郎は知らせを受け、鳥越神社の裏の雑木林に駆けつけた。

京之進が厳しい顔で近寄ってきた。

「甚右衛門と手代の治助です」

「うむ」

剣一郎は頷き、倒れているふたりの男の傍に行った。

手を合わせてから亡骸を見る。

ひとりは甚右衛門だ。並んで横たわっているのは三十前の男。治助であろう。

甚右衛門は背中を袈裟懸けに、治助は胴を斬られていた。

辻斬りの被害者は顔を正面から斬られていたが、骨まで斬る鋭さは妖刀雲切丸によるものだ。

不安が現実になって、剣一郎は唖然とした。

甚右衛門は辻斬りの侍から妖刀雲切丸を取り返そうとした。甚右衛門にすれば、六人も斬殺した妖刀雲切丸の魔性を目の当たりにして、もう十分だと思ったのだろう。あとは、雪見の会で、妖刀雲切丸を一同に披露する。

辻斬りの侍とは、時期が来たら雲切丸を返してもらう約束になっていたのかもしれない。

だが、甚右衛門は重大なことを見落としていた。辻斬りの武士は妖刀雲切丸を手放そうとしなかった……。

これは何を意味するか。

辻斬りが今後も続くということだ。


現場を京之進に任せ、剣一郎は横山町の『大黒屋』に向かった。

『大黒屋』はすでに大戸が閉まっていた。潜り戸から土間に入る。店には誰もおらず、奥で混乱しているのがわかった。

出てきた小僧に番頭を呼んでもらった。

番頭はすぐにやって来た。

「旦那があんなことになるなんて」

番頭は虚ろな目で言った。

「甚右衛門は刀で斬られて殺された。思い当たることはあるか」

剣一郎はいきなりきいた。

「いえ、何があったのかさっぱりわかりません」

番頭は泣きそうな声を出した。

「ひとから恨まれているようなことは？」

「いえ、そんな御方ではありません」

「甚右衛門が外で何をやっていたか知っているか」

剣一郎はきいた。

「道楽で、突飛なことをしていたようですが、詳しいことは知りません。仕事以外で、旦那のやることに一切関わっておりませんので。旦那は仕事と道楽をきっちりわけておりましたから」

「誰も関わっていないのか」

「治助だけです。旦那は仕事以外のことでも治助に手伝わせていました。信頼していたようです」

番頭は不安そうに答える。

「治助からは何も聞いていないのだな」

「聞いていませんし、きいても旦那の言いつけを守って何も教えてくれないでしょう」

「ところで、薬を求めにくる客の中に武士もいよう」

剣一郎はいよいよ肝心なことに触れた。

「はい」

「その中で、甚右衛門が接客した武士がいるのではないか。おそらく、眠れぬとか、不安に襲われるとか、そういった症状で相談にきたと思うが」

「そういえば」

番頭は小首を傾げ、

「そういう訴えのお侍さまがいらっしゃいました。たまたま、旦那が店に出ていて、自ら応対していました」

「その武士の名はわかるか」

剣一郎はきいた。

「いえ、わかりません」

「わからない?」

「はい。旦那が最後まで応対していましたので」

「それはいつごろだ?」

「三月ぐらい前だったと」

どうやら、三蔵から妖刀雲切丸の話を聞いたあとに、その武士と出会ったようだ。いや、すでに盗んだあとかもしれない。

長い間、薬を求めて通っていた武士ならば、番頭も名を知っていようが、たまたまやってきた客にちがいない。

甚右衛門はたった一度で、その男に妖刀雲切丸を持たせてみようと思ったのだ。

「その武士の特徴を覚えていないか」

「いえ。ただ、大柄だったことだけ」

「他の奉公人も知らないか」

「知らないはずです」

番頭ははっきり言った。

「甚右衛門の口から、猿の三蔵や雲切丸とかいう名を聞いたことは?」

「いえ、ありません」

「甚右衛門が刀剣を持ってきたことはないか」

「刀剣ですか。あっ」

番頭は思いだしたように、

「なにやら布に包んだ細長いものが旦那の部屋にあったのを見た覚えがありま

す。今から思えば、刀剣だったのかも……」

　妖刀雲切丸はいっときここにあったのかもしれない。

「旦那に何があったのでしょうか。何かに巻き込まれてしまったのでしょうか」

　番頭は縋（すが）るようにきいた。

「詳しいことは、あとで町廻りの植村京之進から説明があろうが、甚右衛門は一連の辻斬りに関わっている疑いがあるのだ」

「なんですって。旦那が辻斬りと……」

　番頭は顔色を変えた。

「今は証がないが、いずれ明らかになるだろう。そうなったら、この店の存続も難しい」

「………」

「このことを大女将（おおおかみ）や若旦那に伝え、対処するのだ。甚右衛門の罪が明らかになる前に、どうしたらいいか考えるのだ。よいな」

「はい」

　茫然（ぼうぜん）としている番頭と別れ、剣一郎は両国橋を目指した。

四半刻（三十分）後、横網町の文字竹の家に着いた。辺りは暗くなりはじめていた。

ちょうど外出先から文字竹が帰ってきた。三味線を持っていた。

「出稽古で」

文字竹は土間に入り、迎えに出た住込みの婆さんに、

「これ、お願いね」

と、三味線を渡した。

それから、腰を下ろし、剣一郎と向かい合った。

「まだ、聞いていないようだな」

「何をでしょうか」

「昨夜、甚右衛門が殺された」

「えっ？」

文字竹はきょとんとした顔を向けた。

「旦那がどうかしたのですか」

聞こえていなかったかのように、きき返す。

「殺されたんだ」

「殺された？」

文字竹は顔色を変えた。

「旦那が殺されたと言うんですか」

「うむ。夕方に死体が発見されたが、殺されたのは昨夜だ」

「嘘！」

文字竹は叫んだ。

「あの旦那が……。信じられません。何かの間違いではないのですか」

「残念だが、ほんとうだ」

「そうですか。旦那が亡くなったんですか」

文字竹は虚ろな目で呟いた。

ふいに険しい顔になって、

「『大黒屋』さんの方は私のことを知っているのでしょうか」

と、焦ったようにきく。

「ときたま手代の治助がやってくると言っていたな」

「はい」

「それ以外は？」

「いえ、治助さんだけです」

「そうか」

「まさか、私のことを知らないということは……」

文字竹は不安そうな顔をした。

「そういうことも考えられるな」

「そんな」

文字竹は訴えるように、

「もうお手当てはもらえなくなるんです。それなりのことをしてもらわないと。これからの暮らしが」

「甚右衛門が死んだ悲しみより、そっちの心配のほうが大きいか」

「だって……」

文字竹は俯(うつむ)いた。

「そのときは、わしから口添えしてやろう」

「ほんとうですか」

文字竹の声が弾(はず)んだ。

「うむ。それより、ききたいことがある」

「はい」

「先日、三太郎がそなたに連絡を寄越したことだが、どうしてだと思うか」

剣一郎はそのことが重要に思えてきいた。

「さあ。私に会いたくなったのではないでしょうか」

「しかし、甚右衛門が怖くて一切近寄らなかったではないか。それなのに、甚右衛門の目を盗んで、そなたを呼び出そうとした」

「そうですね。旦那が怖くなくなったのかも」

「なぜ、怖くなくなったのだ？　そなたとのことに理解を示すようになったとは思えないが」

「そうですね」

やはり、と剣一郎はある考えに達した。

三蔵は甚右衛門が斬られることを予期していたのではないか。

辻斬りはあちこちでひとを斬ったが、誰にも見咎められることなく、その場を去っている。万一、町方に呼び止められ、懐に覆面を隠し持っていたら、たちまち疑いを招く。

ひょっとして、三蔵は常に辻斬りの近くにいたのではないか。辻斬りの刀と着替えの着物を持って……。

犯行後、妖刀雲切丸と覆面を受け取った三蔵は、辻斬りの屋敷に向かう。

その後、犯行の模様を甚右衛門に報告した。三蔵はこれらの役割を担っていたのではないか。

そして、甚右衛門は辻斬りを終わらせようとし、三蔵にそのことを辻斬りに告げさせた。

だが、妖刀雲切丸に取り憑かれた辻斬りは拒絶した。三蔵は辻斬りを、甚右衛門を斬るしかないと唆(そそのか)した。

甚右衛門は斬られる。そう確信した三蔵は文字竹に再び近づいた。

三蔵は辻斬りと一体だ。

「甚右衛門が亡くなった今、三蔵はまた何か言ってくるだろう。そうしたら、受け入れるのだ。よいな」

剣一郎は念を押した。

「わかりました。その代わり、手切れ金のこと、お願いいたします」

「いいだろう」

一刻も早く三蔵を捕まえるためには、文字竹の力を借りなければならないのだ。

「葬儀には参列し、甚右衛門の家族にいい印象を与えておくのだ」

「はい」

剣一郎は文字竹の家を出た。

四

その夜から、奉行所の小者が文字竹の家の周辺に張りついた。甚右衛門がいなくなり、三蔵が文字竹の家に堂々と現われるかもしれないのだ。

さらに、市中の見廻りも続いた。

甚右衛門の死を、奉行所は辻斬りと別の事件として公(おおやけ)にした。

辻斬りが武士から浪人、そしてついに町人まで狙うようになったとなれば、人びとは恐怖に陥(おとしい)れられる。

甚右衛門の死から数日経った。まだ、文字竹から知らせはない。すぐに三蔵は動くかと思ったが……。

剣一郎は文字竹の家がある長屋に行った。

木戸の脇で見張っていた奉行所の小者に、

「どうだ？」

と、尋ねる。

「三蔵らしき男も使いらしい者も現われません」

小者は答えた。

「よし」

剣一郎は文字竹の家に向かった。

戸を開けて、土間に入る。三味線の音が聞こえる。

住込みの婆さんが出てきた。

「今、師匠は自分のお稽古をしています」

「終わるまで待とう」

「はい」

「ちょっとききたいのだが、婆さんは三太郎を知っているな」

剣一郎は婆さんを呼び止めてきいた。

「はい」

「文字竹とどういう間柄だったのかも」

「…………」

「知っているな」

「はい」

　婆さんは目をしょぼつかせた。

「婆さんは毎日、買い物に出かけるな」

「ええ、食事の支度で、惣菜などを買いに」

「最近、三太郎と会ったことはないか」

「…………」

　婆さんは押し黙った。

「どうした？」

「いえ」

「三太郎に声をかけられたことがあったのではないか」

「なにも……」

「嘘をついても、あとですぐわかる」

　剣一郎は強い口調になった。

「はい。すみません」

「三太郎が声をかけてきたな」

「はい」

「いつだ？」

「昨日です」

「何と言っていた？」

「………」

また、婆さんは黙った。

「町方が来ているかときかれたのではないか」

「はい」

婆さんは頷く。

「わしが頻繁に顔を出しているのでは、とも言ったのではないか」

婆さんは驚いたように目を見開き、

「きかれたので、つい青柳さまがと……」

と、肩を縮めた。

「文字竹への言伝ては？」

「ありませんでした」

「ほんとうか」

「ほんとうです」

婆さんはむきになった。

「信じよう。その他に、何か言っていなかったか」

「師匠は青柳さまのほうについたのかと」

「三蔵がそう言ったのか」

「はい。それですぐに引き上げてしまいました」

三味線の音が止んだ。

「師匠を呼んで参ります」

婆さんは逃げるように奥に引っ込んだ。

代わって、文字竹が出てきた。

「青柳さま。三太郎さんからは何も言ってきません」

文字竹はいきなり口にした。

「婆さんからきいたか」

「いえ、何をですか」

「昨日、三太郎は婆さんに声をかけていたそうだ」

「……」

「婆さんから聞いて危険を察知したようだ。ほとぼりが冷めるまでは近づかぬかもしれぬな」

剣一郎は落胆したが、

「三太郎は亀沢町の長屋から引っ越し、甚右衛門が持っている家で暮らすようになったのだと思う。甚右衛門からそういう場所を聞いたことはないか」

「いえ」

「身請けされたあと、すぐこの家に住むようになったのか」

「そうです。あっ、でも、最初は今戸（いまど）に家を用意してあると言ってました」

「今戸？」

「はい。でも、私は妾宅（しょうたく）に閉じ籠（こ）もりきりなんていやです。音曲の師匠をしたいと言ったら、ここを用意してくれたんです」

「その家は、今戸のどこかわかるか」

「いえ。そこまではきいていません」

「そうか。わかった」

剣一郎は文字竹の家をあとにした。

その夜、八丁堀の屋敷で、剣一郎は太助に今戸の家の話をした。

翌日の朝、剣一郎は太助とともに横山町の薬種問屋『大黒屋』の前に立った。葬儀が終わり、大戸を開けて、商売を再開していた。

店に、若い主人が出ていた。甚右衛門の倅だ。まだ十九歳だ。だが、番頭をはじめ奉公人がしっかりしていて、甚右衛門がいなくなっても大きな混乱はないようだ。

番頭が近づいてきた。

「つかぬことをきくが、甚右衛門は今戸に家を持っているか」

剣一郎は確かめた。

「五、六年前まで旦那は妾を囲っていました。確か、それが今戸だったかと」

「その妾はどうした？」

「病死したそうです」

「そうか。で、その家はどうなっているのか」

「売ったと思いますが、わかりません」

「今戸のどこか知っている者はいるか」

「いないと思います。治助なら知っていたと思いますが」

「わかった」

剣一郎は店の中を見回し、

「甚右衛門が辻斬りと関わっているという話を大女将や若旦那にしたのか」

と、きいた。

「はい。いろいろ迷いましたが、ともかく旦那の件がはっきりするまでは店を続けようと。幸か不幸か、旦那は道楽に夢中で、商売のことは我々に任せてくださっていたので、商売にはさほど影響はありませんから」

番頭は後ろめたさを隠すように俯いて言う。

いずれ辻斬りと三蔵が捕まれば、甚右衛門が辻斬りを教唆したことが明らかになる。

「それが、『大黒屋』としての判断か」

「はい」

「それなら仕方ない」

剣一郎はため息をつき、

「そなたも同じ考えなのだな」

と、きいた。

「…………」

番頭から返答はなかった。

剣一郎は『大黒屋』を出ると、

「太助、今戸を調べてくれぬか。妾宅として使っていた家だ。まだあるかどうかわからぬが、あればそこに三蔵がいるような気がする」

「わかりました」

さっそく、今戸に向かう太助と別れ、剣一郎は奉行所に向かった。

奉行所に戻った剣一郎は宇野清左衛門とともに、長谷川四郎兵衛に呼ばれた。

「青柳どの、どうなっているのだ？　もう辻斬りは止んだということではなかったのか」

四郎兵衛は興奮していた。

「申し訳ございません。事態が急変しました」

「そんな言い訳など聞きとうない。お奉行はご老中方に、もはや辻斬りの犠牲者は出ることはないと大見得を切ってしまったのだ。お奉行の面目はどうなるのだ？」

「また、お奉行の面目か」

清左衛門は口をはさむ。

「なんだと」

四郎兵衛は清左衛門を睨む。

「長谷川どの。私は辻斬りは終わったかもしれないと申し上げたのは事実です。しかし、辻斬りはまだ捕まっていないので、はっきりするまでもうしばらく猶予をと付け加えたはず。それを、長谷川どのがお奉行に辻斬りは終わったと……」

「いや、宇野どのは……」

四郎兵衛は言いよどんだ。

「長谷川どの。着実に辻斬りに迫っていることに間違いはない」

「しかし、新たな犠牲者が出たらどうするのだ？」

「それを阻止すべく、夜廻りをしております」

「これまで夜廻りをしていても、辻斬りを防げなかったではないか」

四郎兵衛は嵩にかかって、

「青柳どのの探索に落ち度があるのではないか」

と、吐き捨てた。

「返す言葉もありません」

　剣一郎は素直に応じた。

「言い訳になってしまいますが、今回の辻斬りが過去のものと違うのは妖刀雲切丸の存在です」

「そんなことはわかりきっていたことではないか」

「仰るとおりです。確かに私の落ち度」

「何を言うか。青柳どのに落ち度などない」

　清左衛門が叫ぶように言った。

「いや、宇野さま。今、長谷川さまが仰ったように、妖刀雲切丸の存在はわかっていたこと。その魔性に取り憑かれた辻斬りが甚右衛門に言われたからといって、あっさり返すはずはないと考えるべきでした」

　甚右衛門が雪見の会の出し物で、妖刀雲切丸を一同に披露するつもりだと知った時点で、また甚右衛門が的場の屋敷を訪ねたと聞いたときに、辻斬りの出方を想像すべきだったのだ。

　そのことに思い至っていたら、甚右衛門が殺されることはなかった……。剣一郎は自分を責めた。

「青柳どの。そこまで思いめぐらせることは無理だ。長谷川どのも、そう思われぬか」

清左衛門は四郎兵衛に同意を求めた。

ふいに問われ、四郎兵衛はあわてたように、

「そこまで青柳どのを責めるつもりはない」

と、口にした。

「いずれにしろ、そこに思い至るべきでした」

甚右衛門が殺されたことは想定外であり、無念であった。

「よいか、これまでのことはともかく、今後だ。これ以上、辻斬りの犠牲者を出すではない。犠牲者が出たら、青柳どのには責任をとってもらう」

四郎兵衛は激しく言った。

「はっ」

剣一郎は頭を下げた。

清左衛門は苦い顔で、部屋を出て行く四郎兵衛の背中を睨みつけていた。

十二月七日の夜、上弦(じょうげん)の月が皓々(こうこう)と照っている。剣一郎は編笠を被り、下谷広小路にやってきた。次の辻斬りの狙い目は池之端仲町にかけてのこの一帯ではないかと睨んだ。

辻斬りの住まいは三味線堀周辺の武家地にあると見当をつけてのことだ。

剣一郎はあえてひと通りのない道に入った。ときたま、提灯(ちょうちん)の明かりが横切る。見廻りの町方の者だ。

湯島の切通しに差しかかった。この切通しで二人目が斬られた。下谷広小路からはごく近い。

その後、四人目、五人目では浜町堀と薬研堀で続けざまに現われている。その浜町堀で殺されたのが安本善兵衛の養子善一郎だ。

安本は相変わらず、辻斬りを追って夜の町を彷徨(さまよ)っているらしい。一縷(いちる)の望みは、両者が出会う可能性が極めて低いことだ。

なんとしてでも、安本より先に辻斬りを見つけなければならなかった。

しかし、その夜は何の異変もなかった。

翌日の夜も、剣一郎は池之端仲町から上野山下に出た。それから、下谷町二丁目から武家地に入り、御徒町に向かった。

途中、何人かの武士とすれ違ったが、辻斬りが待ち構えているような様子はなかった。

寒風が吹きすさび、吐く息も白い。神田相生町の手前を御成道のほうに折れ、武家地を抜けて御成道を突っ切り、明神下のほうに向かった。

しばらく行くと、前方からやって来る侍が目に入った。

角谷松之助だ。近づいてきたとき、剣一郎は足を止め、

「角谷どの」

と、編笠を人差し指で押し上げて声をかけた。

「あなたは……」

角谷も立ち止まった。

「まだ、辻斬りを追っているのですか」

「そう簡単に出くわすことはないと思いつつ、夜になるとつい」

角谷は苦笑した。

「どこに?」

「辻斬りが最初に出た小川町の屋敷地から昌平橋を渡って来た。今度は湯島の切

通しに行って、辻斬りが出たあとを辿ってみようと」

「あなたも、妖刀雲切丸に惑わされているのかもしれませんね」

「………」

「じつは辻斬りの正体もだんだんわかりつつあります。町廻りもせず、辻斬りを取り押さえることが出来そうです」

「では、なぜ、町方は見廻っているのか」

角谷は逆にきいた。

「それまでにこれ以上犠牲者を出したくないからです。角谷どのももうよろしいでしょう。辻斬りを追わなくとも」

「先日の一石橋での辻斬り、あれで拙者の運は尽きたと思っているのだが……」

角谷は続けた。

「もうちょっとのところで、拙者は辻斬りと遭遇できたはずなのに」

「以前もお尋ねしましたが、一石橋付近に辻斬りが出ると予測したのは勘だそうですね」

「まあ、そうだ」

曖昧な言い方だ。

「見事に的中していました。凄まじい勘というしかありません」

剣一郎は讃え、

「しかし、なぜ、あと一歩のところで辻斬りに会えなかったのでしょうか」

「だから間が悪かったのだ」

「今から思うと、逆だったかもしれませんね」

剣一郎は思いつきを口にした。

「逆？」

「辻斬りはたまたま通り掛かった浪人を襲ったのではなく、浪人のほうが辻斬りに気づき、向かっていったのではないかということです」

「………」

「それまで辻斬りは主君のいる武士だけを標的にしていました。あそこではじめて浪人を斬ったのです。つまり、辻斬りにとっては思惑違いだった」

「どういうことだ？」

角谷は厳しい顔でune返す。

「辻斬りの狙いは角谷どのだったのでは？」

「なに」

「辻斬りも毎夜歩き回っている角谷どののことに気づいていた。だから、次の狙いを角谷どのに決めた」

「ばかな。どうして拙者の動きがわかるのだ？」

「辻斬りには協力する者がいたのです。その者が角谷どのの動きを……。いや、辻斬りは角谷どのが一石橋に向かうことを知っていたのでは」

そのとき、角谷は微(かす)かにあっと声を上げた。

「何か、思い当たることが？」

剣一郎はきいた。

「………」

角谷は何か言おうとしたが、言葉にならなかった。

そのとき、神田明神の参道のほうからひとが駆けてきた。

「辻斬りだ」

印半纏(しるしばんてん)の職人の男が血相を変えて、

「湯島聖堂へ向かう途中で、斬り合いが……」

「よし」

剣一郎はそこに向かって走った。角谷もついてきた。

五

神田明神の参道を過ぎ、湯島聖堂に向かう道に入った。月明かりの中に、ふたつの影が激しく動き回っていた。

ひとりは黒い覆面の武士、そして相対しているのは安本善兵衛だった。

覆面の武士は駆けつける足音に気づき、顔を向けた。その刹那、安本は脇差を覆面の武士に投げつけ、そのまま突進した。

覆面の武士は飛んできた脇差を弾いたが、すでに刃が迫っていた。

剣一郎が駆けつけたとき、安本の剣が覆面の武士の腹部に突き刺さっていた。

「安本さま」

剣一郎は肩で息をしている安本に声をかけた。

安本ははっとしたように顔を向けた。

「青柳どの」

安本が呟く。

剣一郎は倒れた覆面の男の傍に行った。すでに絶命していた。手を合わせてから、握っている刀をとった。

目の前にかざす。

刃に月の光が当たり、妖しい光を放った。刀身は細めで、反りが美しい曲線を描いている。

妖刀雲切丸だ、と剣一郎は確信した。

倒れている男の腰から鞘を抜きとり、雲切丸を納めた。

そして、いよいよ、男の覆面を剝いだ。

顔を見て、あっと声を上げた。

「この男は……」

笹村又三郎だった。

なぜ、笹村が……。一度、疑惑が持ち上がったが、すぐ疑いが晴れたはずだ。

「この男だ」

角谷が声をかけた。

「知っているのですか」

「三味線堀の周辺を歩いているとき出会った。この男がこの近辺には辻斬りは現われないような気がする、次に現われるのは日本橋方面ではないかと言いだした。どちらからともなく、一石橋だと」

角谷は打ち明けた。

「角谷どのを誘き出そうとしていたんです。辻斬りを退治しようとしている相手こそ、斬殺のしがいがあると思ったのでしょう。しかし、たまたま行き合わせた浪人に見つかってしまった」

「………」

角谷は茫然としていた。

剣一郎は安本のところに行った。

「安本さま。お怪我は？」

剣一郎は声をかける。

「かすり傷だ。危ういところだったが、わしの執念が勝ったようだ」

「事情をお聞かせいただくことになります。もうしばらくお待ちください」

「わかった」

安本は素直に応じる。

町役人が駆けつけ、ようやく京之進もやってきた。

「辻斬りは笹村又三郎だった」

剣一郎は事情を説明した。

「安本さまが辻斬りと出くわしたのですか」

「おそらく、笹村又三郎も辻斬りを捜している安本さまに狙いを定めていたのだと思うが、まずは、安本さまから事情を聞こう」

剣一郎は京之進とともに安本の前に立った。

「安本さま、経緯をお話しくださいますか」

剣一郎は促す。

「うむ」

安本は頷き、

「わしは辻斬りを捜し求めて夜毎歩き回っていた。さすれば、辻斬りの耳に入り、逆にわしを捜すに違いないと思った」

と、説明をはじめた。

「そして、きょう本郷の屋敷を出たところで、遊び人ふうの男が近寄ってきて、湯島聖堂から神田明神に向かうところに覆面の武士がいたと告げたのだ」

「どんな男でしたか」

剣一郎はきいた。

「小柄で敏捷（びんしょう）そうな色白の男だ」

「猿の三蔵だ」

剣一郎は叫び、

「三蔵は常に辻斬りの近くにいて手を貸していたと思われる者です」

と、言い添えた。

「なるほど。わしを斬るつもりだったのだな」

「そうです。安本さまの狙いがぴたりと当たったようです」

「うむ。こっちから捜し回らずとも、辻斬りのほうからわしを見つけだしてくれた」

安本は満足そうに頷いたあとで、

「青柳どの」

と、口調を改めた。

「わしは何かの罪に問われるのかな」

「いえ。辻斬りのほうが安本さまを誘き出して殺そうとしたのですから。それに、辻斬りを斃（たお）してくれたことは称賛されこそすれ、非難されることはありません」

京之進が答えた。

「そのとおりです」

剣一郎も言ったあとで、

「ただ辻斬りを捜していたのは仇討ちではなく、正体を突き止めようとしていたということに」

「わかった」

「後日、改めて事情をお伺いすることになります」

剣一郎は言う。

「うむ」

答えたあとで、

「ひとつ教えてもらいたい。わしを誘いにきた遊び人ふうの男は何者なのだ？」

と、安本は気にした。

「その男は猿の三蔵といい、旗本(はたもと)の的場さまのお屋敷から妖刀雲切丸を盗んだのです」

「盗人か」

安本は呟き、本郷通りに向かって去って行った。

「まさか、笹村又三郎が辻斬りだったとは……」

京之進が戸惑い気味に言う。

「浜町堀に辻斬りが出た夜、夜詰めだったということであったが?」

剣一郎は確かめる。

「はい。朋輩(ほうばい)がそう言っていたので、そのまま信用してしまいましたが」

京之進が呻(うめ)くように言う。

「辻斬りを働いたあと、何食わぬ顔で仕事についたか。あるいは、替え玉か」

剣一郎はあることを想像した。

本物の辻斬りは追い詰められていることを知り、笹村又三郎を辻斬りに仕立てて安本善兵衛と闘わせた。

辻斬りが本物である所以(ゆえん)は妖刀雲切丸を持っていることだ。

そういう仕掛けがあったのではないか。しかし、そうだとすると、安本は真の仇を討ったのではないことになる……。

だがこの考えに大きな矛盾があることに気づいた。

本物の辻斬りは、妖刀雲切丸を手放したくなくて甚右衛門を斬ったのだ。我が身を守るためとはいえ、雲切丸を手放すはずはない。

やはり、辻斬りは笹村又三郎だ。

「夜詰めに何かからくりがあるかもしれない」

「はい。もう一度、その辺りのことを調べてみます」

京之進は憤然と答えた。

「それから、三蔵は江戸から逃げるかもしれぬ。四宿に見張りを」

「わかりました」

三蔵は追い詰められていることに気づいているはずだ。江戸を離れ、どこかに逃げるかもしれない。ともかく、品川(しながわ)、板橋(いたばし)、新宿(しんじゅく)、千住(せんじゅ)の各宿場に見張りを立てておくに越したことはない。


翌日の朝、八丁堀の屋敷に太助がやってきた。

出仕の支度にかかるところで、多恵が裃(かみしも)や袴(はかま)を用意していた。

「青柳さま、今戸に疑わしい家を見つけました」

「そうか。よし、案内してくれ」

剣一郎は出仕を止め、今戸に向かうことにした。猿の三蔵を捕まえることで、完全に辻斬り事件は解決するのだ。

半刻（一時間）後、今戸橋を渡った。太助はさらに大川端（おおかわばた）の通りを進む。凍（い）てつくような川風を頰に受けながら、橋場（はしば）の近くまで行き、ようやく太助が足を止めた。

「あそこです」

黒板塀に囲われた、洒落（しゃれ）た格子造りの二階家だ。

「近くの酒屋できいたところ、それ以前はたまにしか注文がなかったのに、ここ半年ほど、よく酒を届けているそうです」

太助は続ける。

「その家にいるのは老夫婦ですが、もうひとり三十半ばぐらいの男が住みついているようだと、酒屋の番頭が言ってました」

「三蔵に間違いないようだ」

剣一郎は言い、家の周辺を歩いた。裏口があったので、万が一に備え、自身番に応援を頼み、裏口を見張ってもらった。

「よし、訪問する」

剣一郎は門を入った。

戸口に立ち、格子戸を開け、

「ごめんなさいよ」

と、太助が声をかける。

「はい」

奥から年配の女が出てきた。

「つかぬことをお伺いいたしますが、こちらは横山町の薬種問屋『大黒屋』さんのお家でしょうか」

太助はきいた。

「はい」

女は困惑したように答える。

「半年ほど前から、ここに居候（いそうろう）している男がおりますね」

奥から亭主とおぼしき年寄りが出てきて、

「失礼ですが、どちらさまでしょうか」

と、きいた。

剣一郎は編笠をとった。

ふたりはあっと目を見開いた。左頰の痣（あざ）を見て、青痣与力だとわかったようだ。

「青柳さまで」

「うむ、居候の男は今いるか」

剣一郎はきいた。

「いえ、もうおりません」

亭主が首を横に振った。

「いない？　どうしたのだ？」

「旦那が亡くなったので、ここにいられなくなったと、一昨日の夜に出て行きました」

「遅かったか」

剣一郎はため息をついた。

「どこに行ったかわからぬか」

「何も仰いませんでした」

「男の名は？」

「三蔵さんです」

亭主が答える。

「三蔵はこの半年、ここで寝泊まりしていたのだな」

「そうです」

「三蔵に会いに、甚右衛門がやってくることはあったのか」

「はい。最近は頻繁(ひんぱん)に」

「ふたりでどんな話をしていたかわからぬか」

「いつも二階の部屋で長い間話をしていました」

「甚右衛門がやってきた日の前日の夜に、三蔵はどこかに出かけなかったか」

剣一郎は確かめるようにきいた。

「そういえば、そうでした。三蔵さんはたいてい出かけていましたが、ときたま興奮した様子で帰ってくることがありました。お酒を用意するように言い、遅くまでひとりで呑んでいました。そんな日の翌日はたいてい旦那がいらっしゃいました」

亭主は思いだすように言った。

甚右衛門は三蔵に辻斬りの様子を聞きに来たのだ。妖刀雲切丸がひとの体を斬り裂く光景を想像して、悦(えつ)に入っていたに違いない。

「三蔵と話し終えたあと、甚右衛門は上機嫌だったのではないか」

剣一郎は不快な思いできいた。

「はい。そのとおりで」

　亭主は認めた。

「三蔵を訪ねてきた者は他にいたか」

「いえ、いません。旦那の代わりに、ときたま手代の治助さんが薬を持ってやってきました」

「薬？」

「はい。三蔵さんは左の二の腕を怪我していたそうで。その傷口が痛むらしく、そのために治助さんが薬を届けに」

　霧島宗次郎が投げた小柄は、思った以上に深く突き刺さっていたのだ。

「三蔵の怪我は治りきっていなかったのか」

「左腕が上がらず、力が入らないようでした」

「そうか」

　剣一郎は意外に思った。

　もし、そのとおりだとしたら、高い塀を乗り越え、盗みをすることはもう出来ないかもしれない。三蔵が甚右衛門の言いつけに従っていたのは、そのせいか。

「万が一、三蔵が現われることがあったら、自身番に知らせてもらいたい」

そう言い、剣一郎は土間を出た。

「遅かったですね」

太助が悔しそうに言った。

「三蔵は傷を悪化させたようだ。そこに付け入る余地がありそうだ」

三蔵を確実に追いつめていると確信し、剣一郎は奉行所に戻った。

第四章　魔の正体

一

翌日、剣一郎は愛宕下の旗本的場家を訪問した。

剣一郎は供のものに雲切丸を持たせて的場重吾と用人の木田伊平に会った。

的場重吾は三十七、八歳の瘦身の男だ。神経質そうな切れ長の目をしている。

「的場さまより、雲切丸探索の依頼を受けましたので、お届けに上がりました」

剣一郎は刀袋に収まった刀剣を差し出した。

「雲切丸です。どうぞ、お検めを」

霧島宗次郎が受け取り、的場重吾に渡した。

「うむ」

的場重吾は刀を抜いた。

冬の弱い陽差しを受け、刀身が光を放つ。細身で美しい曲線を描く反りに独特の味わいがある。その美しさに魅入られて、己の中の邪悪なものが頭をもたげてくる。

「これが妖刀雲切丸か……」

的場はじっと刀身に見入った。

「今回、何人のひとの血を吸ったのか」

「八人です」

「なんと、八人も」

的場はやりきれないように呟(つぶや)き、

「これはこの世にあってはならないもの。どこぞの寺で経を上げてもらい、刀鍛冶(かたなかじ)の手で壊してもらう」

「ある御方に雲切丸を譲るお約束は？」

「わけをお話しし、お断りするつもりだ」

「それがよろしいかと」

剣一郎は続ける。

「この刀に罪があるわけではありませんが、持つ者によっては邪心が芽生える。やはり、そういう意味では魔剣でありましょう」

「で、この刀で辻斬りを繰り返していたのは直参だったそうだな」

的場がきいた。

「はい。役務のことで心に鬱屈したものを抱えていたようです」

「この刀を手にしたとたん、ひとが変わったようになったか」

的場は刀を鞘に納めた。

霧島が刀を受け取りに歩み寄る。

「辻斬りを退治した御家人は、倅の仇討ちだったというのはほんとうか」

用人の木田が口を入れた。

「はい、ご子息は浜町堀で辻斬りに遭遇して果てました。以来、その方は辻斬りを求めて夜の町を歩き回っていました」

「凄まじい執念だ」

木田は感嘆した。

「これで、事件はすべて解決したのですか」

霧島がきいた。

「いや、妖刀雲切丸を盗んだ人物がまだ逃げています」

「そうですか」

「しかし、霧島どのが投げた小柄で受けた左の二の腕の傷は思った以上に深かったようです。いずれ捕まえることが出来るでしょう」

剣一郎は一礼し、

「では、私はこれで」

と、立ち上がった。


いったん奉行所に戻り、長谷川四郎兵衛に妖刀雲切丸を的場家に返却したことを報告し、再び奉行所を出た。

半刻（一時間）あまり後に、剣一郎は本郷の安本善兵衛の屋敷を訪れた。

客間で、剣一郎は安本と差し向かいになった。

「青柳どの、このたびはわしのわがままでよけいな真似をしたと申し訳なく思っている。だが、どうしても善一郎の仇を討ちたかったのだ。たとえ、返り討ちに遭ったとしても」

「安本さま。辻斬りを退治していただいたこと、奉行所でも恩に感じております。もし、安本さまが辻斬りを退治なさっていなければ、新たな犠牲者が何人も出たことでしょう」

剣一郎は安本を讃（たた）えた。

「辻斬りを生み出した張本人である薬種問屋『大黒屋』の主人甚右衛門は、皮肉なことに妖刀雲切丸を取り返そうとして辻斬りに斬られてしまいました。辻斬りである笹村又三郎は雲切丸を手放せなくなり、これからも辻斬りを続けていく気だったのでしょう。その手始めが安本さまでした」

「辻斬りはわしが追っていることに気づいて、わしを斃（たお）そうとした。そう思ってくれたことが幸いだった。向こうから近づいてくれたのだからな」

安本はしみじみ言う。

笹村又三郎について、京之進の調べでだいぶわかってきた。

浜町堀での辻斬りでは夜詰めで犯行は無理だと京之進は見ていたが、京之進が再度尋ねたところ、夜の五つ半（午後九時）ごろに笹村が詰所（つめしょ）にいたことははっきり覚えていたが、それより前にいたかどうかは朋輩（ほうばい）たちもあやふやだった。存在感が薄いために、朋輩も覚えていないようだ。

その他の辻斬りが出た日、すべてにおいて笹村は非番であり、かつ屋敷から外出していた。

もはや、辻斬りが笹村又三郎であることには間違いなかった。

朋輩や親戚の者の話によると、笹村は穏やかで生真面目な性格だが、要領が悪いため、役務上の失敗も多く、周囲から貶まれていたという。一年前に妻女と離縁してから様子がおかしくなり、眠れぬ夜が続いていると訴えていたらしい。

薬種問屋『大黒屋』に行ったことは、笹村家の親戚の者が明らかにした。親戚が気うつぎみのことを心配して、『大黒屋』で薬を調合してもらうように勧めたそうだ。

しかし、三味線堀で笹村又三郎と会ったときの印象はまったく違った。大柄なせいか、堂々とし、自信たっぷりに見えた。

つまり、妖刀雲切丸を手にしてから、笹村又三郎の人格が変わったと推察出来た。

「笹村又三郎に疑惑が持ち上がりながら、ご子息が浜町堀で辻斬りに遭った夜、夜詰めで詰所にいたということで、疑いが晴れたのです。このことは我らの手落ちでした」

剣一郎は反省した。

「それにしても、安本さまの剣の腕が落ちていないことに驚きました」

剣一郎は素直に讃えた。

「わしも自分で驚いている。辻斬りの相手になれるか、自分でも自信はなかった。ただ、どうしても許しておけないという思いだけで辻斬りに向かったのだ。苦し紛(まぎ)れに脇差を投げたのが功を奏した」

「その思いが、魔剣に勝ったのですね」

「わしの夢を打ち砕いた辻斬りが許せなかった」

安本は厳しい顔で言った。

「安本さま。これからどうなさるおつもりですか」

「まだ、考えておらぬ」

「新たに養子をおもらいになる考えは？」

「善一郎こそ、わしの後継ぎと決めていただけに、気持ちの整理がまだついてない」

「そうでしょうね」

剣一郎は同情しつつも、

「しかし、立派に仇を討ったのです。善一郎どのも満足していると思います。どうか、新たに出発してください」

と、励ました。

「青柳どの、かたじけない」

　剣一郎は仏間に行き、善一郎の位牌(いはい)に手を合わせて、安本の屋敷を辞去した。

　辻斬りの出没はなくなったが、猿の三蔵がまだ逃げ回っている。

　剣一郎は本郷から戻り、柳原通りを抜けて、横山町の薬種問屋『大黒屋』の前に立った。大戸が閉まっていた。まだ、陽が沈むには間(ま)がある。

　剣一郎は潜(くぐ)り戸から店に入った。奉公人がいたがどこか元気がない。

　帳場机に向かっていた番頭が立ち上がって近づいてきた。

「青柳さま」

「どうした？　何かあったのか」

「はい。昨日、植村さまがやってきて、旦那さまが辻斬りを操っていたことは間違いなく、このままではお店も廃業に追い込まれると、大女将(おおおかみ)と若旦那(わかだんな)に」

　番頭は沈んだ声で言い、

「大女将は寝込んでしまい、若旦那も店を畳むしかないと思い詰められて……」

「それで、どうすることになったのだ？」

「はい。当面は休業することにしていますが、実際は店を畳むことになりましょう。亡くなった旦那ひとりが責を負えば済むという話ではありませんし」

「そうか」

「大女将に言われ、店の身代を調べているところです。奉公人が困らないようにしたいと仰って」

「ひょっとして、植村京之進が助言を?」

「はい。旦那の罪が明らかになる前に手を打っておくようにと」

「わかった」

剣一郎は言い、

「本所横網町に文字竹という音曲の師匠がいる。甚右衛門が囲っていた女だ」

「はい」

「知っていたか」

「薄々。葬儀にも来ていました」

「この女の今後のことも考えてもらいたい」

「わかりました。お伝えしておきます」

「それから、今戸に甚右衛門の家がある。そこに老夫婦が住み込んで家の番をしている。このふたりにも目を配ってやるように」

「わかりました」

「大女将や若旦那には会わずにおく。何かあったら、植村京之進に相談するように」

「はい」

番頭は深々と頭を下げた。


それから、剣一郎は両国広小路に入り、そのまま両国橋を渡った。

横網町の文字竹の家がある長屋に行った。

木戸の脇で見張っていた奉行所の小者が退屈そうにしていたが、剣一郎の姿を見てしゃきっとした。

「三蔵は現われないか」

「はい。文字竹も今日は家を出ていません」

小者は答える。

剣一郎は文字竹の家に行き、戸を開けた。三味線の音は聞こえない。

住込みの婆さんが出てきた。

「文字竹は？」

「体がだるいと言って、横になっています」

「それはいけないな。風邪か」

「いろいろな心労が重なったので、疲れが出たのかもしれません」

「そうか。では、また出直そう」

引き上げようとしたとき、

「青柳さま」

と、声がした。

文字竹が出てきた。

「起きてていいのか」

「少し寝たら、よくなってきました。最近、眠れない日が続いていたので」

文字竹は上がり框の近くに腰を下ろし、

「じつは、今朝方、三太郎さんからこれが」

と言い、懐から文を取り出した。

剣一郎は受け取って開いた。

たった一行、「明後日の夜五つ（午後八時）、回向院境内。三太郎」と記されていた。

「誰が届けたのだ？」

「女のひとです」

「女？」

「三十過ぎの額の広い女です」

「名は？」

「名乗りませんでした。三太郎というひとから頼まれたと言って」

「この字は？」

「三太郎さんの字です」

「明後日の夜五つか。十二日の夜だな」

なぜ、明後日なのか。

「どうしましょうか。行ったほうがいいでしょうか」

文字竹はきいた。

「いや、いい」

剣一郎は答え、

「だが、妙だ」

と、呟いた。

三蔵は文字竹に剣一郎が近づいていることに気づいているはずだ。

文字竹に文を預けたという、三十過ぎの額の広い女について、ある想像をした。

剣一郎が竪川を渡り、小名木川を越え、仙台堀に面した冬木町にやってきた頃には陽は落ちていた。

呑み屋『おせん』には暖簾が出ていて、すでに客も入って賑やかだ。女将のおせんは三十過ぎの額の広い女だ。

剣一郎は裏にまわり、裏木戸から離れに向かった。

部屋に行灯の明かりが灯っている。

「邪魔をする」

剣一郎は声をかけた。

障子にひと影が映った。

土蔵の辰こと島吉が顔を出した。

「青柳さま」

島吉は驚いたように目を剝いた。

「わしに何か告げることはないか」

　剣一郎はいきなりきいた。

「いえ、何も」

「猿の三蔵がここに来なかったか」

「…………」

「今朝方、おせんに似た女が、横網町の音曲の師匠に三蔵からの文を届けたのだ」

　剣一郎は言い、

「三蔵は土蔵の辰を頼ってここにやってきたのではないか」

　と、きいた。

「青柳さま。お察しの通り、三蔵があっしを頼ってやってきたんです」

　剣一郎は島吉の顔を睨みつけ、

「島吉、それでは自分が土蔵の辰だと認めるのか」

　と、迫った。剣一郎は問いつめるように、

「三蔵はなにしにやってきたのか」

「左腕が自由に動かなくなってしまったそうです。以前のように動き回れなくなった。それで、あっしのところに。無下には出来ません」

「ひとり働きは出来なくなったから、錠前破りの腕を買ってくれるおかしらを世話してくれという頼みではないのか」

島吉は俯いた。

「三蔵は、旗本屋敷から妖刀雲切丸を盗んで逃げるとき、警護の侍に見つかり、小柄を投げられた。それが、左の二の腕に突き刺さった。その傷がもとで腕が上がらなくなったのだ。それからの三蔵は辻斬りといっしょに行動している」

剣一郎は続ける。

「土蔵の辰はひとを傷つけることなく金だけを盗んできた。しかし、三蔵は辻斬りの現場にいて、目の前でひとが斬られるのを見届けてきたのだ。そなたはそういう男を庇うのか」

「それは……」

島吉は返事に詰まった。

「三蔵の文には、明後日の夜五つ、回向院境内と記されていた。なぜ、明日ではなく明後日なのだ。これは、文字竹がわしに知らせることを予測して書いたと言わざるを得ない。つまり」

剣一郎は間をとり、

「明後日の夜五つまで、町方の注意を引きつけるための文だ」

と、決めつけた。

「おそらく、警戒の緩(ゆる)んだ隙(すき)に、三蔵は江戸を離れるつもりだろう。三蔵の行き先はどこだ？　東海道(とうかいどう)か、甲州(こうしゅう)街道か、中山道(なかせんどう)か、それとも奥州(おうしゅう)街道……」

「上州(じょうしゅう)を根城にしている盗人がおります。そのおかしらが錠前破りを得意とする男を捜していました。そのおかしらにあっしから聞いてきたと言えばいいと」

「よく話してくれた」

剣一郎は奉行所に向かった。

奉行所に戻ったのは六つ半（午後七時）過ぎだ。すでに、清左衛門も京之進も帰宅していた。

剣一郎は当番方の若い同心を、八丁堀の京之進の屋敷に使いにやった。

四半刻（三十分）ほどして、京之進が駆けつけてきた。

「青柳さま、お呼びで」

「帰宅していたのにすまなかった」

「いえ」

「猿の三蔵が上州に向かうことがわかった。板橋宿で、三蔵を待ち受ける態勢を整えてもらいたい。ただ、板橋宿を通るのは明後日かもしれぬが」

剣一郎は文字竹に宛(あ)てた三蔵の文の件を話した。

「我らを回向院に引きつけておいて、その間に板橋宿を抜けようと？」

京之進がきいた。

「そういうことだ。だが、早めに板橋宿を抜けるかもしれぬ。念の為に、今夜にも見張りの人手を増やして待ち構えてもらいたい」

「わかりました。もう逃(のが)しはしません」

京之進は顔を紅潮させた。

「では、頼んだ」

「あっ、青柳さま」

京之進が呼び止めた。

「じつは、きょうの夕方、笹村又三郎の広敷添番(ひろしきそえばん)の朋輩が奉行所まで私を訪ねてきて、お尋ねの日の夜、笹村又三郎は夜の六つ半にはすでに詰所にいたことを思いだしたと」

「六つ半に詰所にいた？　間違いないのか」

「はい。上役に呼ばれていたそうです」

「なぜ、今になって？」

「朋輩の間で、笹村又三郎の話になったとき、上役も話に入ってきて、いつぞやわしに苦情を言いにきたと。何も言えない気の小さな男だと思っていたので驚いたが、まさか、辻斬りをしていたとは思いも寄らなかったという話をしたそうです。それが、浜町堀で辻斬りがあった夜の六つ半ごろだったとのこと。もし、そうなら浜町堀の辻斬りは笹村又三郎ではないことになるので、知らせにきたと」

「まさか」

剣一郎は唖然とした。

浜町堀のあと、続けて薬研堀で辻斬りが出た。この二件だけ、間隔が短かった。

「浜町堀の死体だが、眉間からやや左寄りを刃が通って顔面が真っ二つに裂かれていた。その後の薬研堀でのホトケは、眉間の真ん中から顔面が奇麗に真っ二つに斬り裂かれていた。他はどうだ？」

「そういえば、他はみな眉間を通っていました」

剣一郎は屋敷に帰っても、このことが頭から離れなかった。

二

翌日、剣一郎は八丁堀組屋敷の堀から船に乗った。霊岸島(れいがんじま)、そして田安(たやす)家の下屋敷を右手に見て大川に出て、すぐ新大橋をくぐり、船は一路、向島に向かった。

それから半刻(一時間)後、剣一郎は真下治五郎の家で、真下と若い女房のおいくと向かい合っていた。

「いきなりお訪ねして、申し訳ありません」

ふいの来訪を詫びた。

「なんの。青柳どののならいつでも大歓迎だ」

「そうですよ、青柳さま」

おいくも笑(え)みを湛(たた)えた。

いつものように、剣一郎が持参した酒を酌(く)み交(か)わしながら、

「いつぞやは安本どのが来てくれた」

と、真下が口にした。

「先生は、安本さまのご子息の善一郎どのがお亡くなりになったことをご存じでいらっしゃいますか」

「なに、善一郎どのが？　それはほんとうか」

「はい。辻斬りに遭いました」

そばで聞いていたおいくが小さく悲鳴を上げた。

「そんなことがあったのか」

真下は痛ましげに言う。

「その後、安本さまは辻斬りを討ち果たし、見事仇を討ちました」

「なに、安本どのが仇を？」

真下は意外そうな顔で、

「安本どのにそのような激しさがあったのか」

と、呟いた。

「どういうことでございますか」

「安本どのは仮にどんな事態に陥ろうと、自分を見失うことはない。感情に任せて突っ走ることがない男だった。悪くいえば、保身のためには己の気持ちをも抑えることが出来る」

　真下は続ける。

「つまり、善一郎どのが理不尽な殺され方をしても、仇を討つなどの危険は冒(おか)さない。返り討ちに遭えば、安本家は断絶だ」

「自分の感情を封じ、自身や安本家の安泰のために泣き寝入りをすると？」

「うむ。そういう男のように思っていたので、仇を討とうとしたことに、まず驚いた」

　真下は目を細め、

「それに善一郎どのは……」

と続けようとして、言いさした。

「何か」

「いや、たいしたことではない」

　真下は口を濁した。

「善一郎どののことで何かあるのですか」

　剣一郎は察して口にした。

「どうしてそう思うのだ？」

「葬儀のとき、奉公人があまり悲しんでいないようだったので、気になっていました」

「そうか。じつは善一郎どのは悪い仲間とつるんでいた。安本どのは、善一郎どのをその仲間から抜け出させるために苦労をしている、善一郎どのは外れだったと嘆いていたことがあった。だから、仇を討ったことに驚いたのだ。善一郎どのが殺されたことは天命と受け止め、新たに養子を探す。そういう男だと思っていたが……」

「そうでしたか」

「どうぞ」

おいくが剣一郎の猪口(ちょく)に酒を注(つ)ごうとしたのを、

「いえ、これで」

と、断った。

「先生、申し訳ございません。急用を思いだしました。今日はこれで失礼させていただきます」

剣一郎の不躾(ぶしつけ)な申し出に真下は鷹揚(おうよう)に頷いた。

「残念だが、またにしよう」

「申し訳ありません」

もう一度、剣一郎は頭を下げた。

「安本どのは……。いや」

真下は首を横に振った。

剣一郎の来訪の目的に、真下は気づいているようだった。

「改めて、ご報告にあがります」

剣一郎は真下の家を辞去した。

吾妻橋を渡り、剣一郎はそのまま浅草を突っ切り、上野山下から湯島の切通しに向かい、いっきに本郷を目指した。

葬儀に参列したとき、剣一郎は安本の隣家の主人に挨拶されたことを思い出した。

本郷に着き、剣一郎は安本家の隣家を訪ねた。

幸いに、その男は非番で屋敷にいた。

客間で、隣家の主人沼田直次郎と向かい合った。五十歳ぐらいの目の細い男だ。

「突然、お訪ねして申し訳ありません」

「いや。その節は……」

沼田は葬儀のときのことを口にした。

「安本さまが善一郎どののことで悩んでいたと耳にしました。何かご存じでしたら……」

「善一郎どのですか」

沼田は暗い顔をし、

「じつは、安本どのが善一郎どのの仇を討ったと聞いて、少し妙な感じを抱きました」

「その辺りのことをお話しくださいますか」

「いいでしょう」

沼田は語りだした。

「安本どのは実子が出来ず、やむなく親戚筋から善一郎どのを養子に迎えたのです。十二歳でした。当初は、これで安本家も安泰だと喜んでいたのですが、数年もすると善一郎どのが悪い仲間とつるみだしたようです。それから、安本どのの屋敷からふたりが言い争う声が聞こえてくるようになりました」

「いったい、善一郎どのは何を？」

「盛り場を仕切っている香具師の元締の情婦に手を出してもめたり、ゆすりたかりなどを仲間と繰り返し行なっていたそうです。それから、賭場に出入りをしたり、その他にも何かしていたようです」

「そんなにひどかったのですか」

剣一郎は呆れたというふうに言う。

「それでも、安本どのは真剣に向き合い、善一郎どのを立ち直らせていったのです。安本どのは、こう言っていました。ほんとうはもっといいところに養子に行きたかったという思いから不貞腐れていたようだと、善一郎に理解を示していました。それが功を奏して、だんだん善一郎どのも変わっていきました。安本どのも安心していたようです。ですが、実際は猫をかぶっていたのではないかと」

沼田は眉根を寄せ、

「半年ほど前から、安本どのの顔が暗くなってきて……。本人はなんともないと言っていたのですが、私はまた善一郎どのが問題を起こしたのではないかと。しかし、安本どのは否定しました。善一郎どのは見かけはおとなしそうで、そんなふしだらな男には見えないのですが、何を考えているかわからない無気味さがありました。あるとき、遊び人ふうの男と連れ立っているのを見かけ、善一郎どのは何も変わっていないのではないかという疑いを持ったのです」

「そうでしたか」

「だから、善一郎どのが殺されたと知ったとき、私は心の奥でよかったと思いました。養子はまたもらえばいいと。ところが、安本どのは仇を討った。それを聞いて、何だかすっきりしない気持ちに」

剣一郎は息苦しくなった。

「青柳どの」

沼田は真顔になって、

「真相はどうなのでしょうか」

と、きいた。

浜町堀での辻斬りがあった夜、笹村又三郎は広敷添番の詰所に詰めていたことがはっきりしている。

浜町堀で、安本の子息を斬ったのは笹村又三郎ではない。顔面を斬り裂くという残虐な行為は、辻斬りの仕業に見せかけるためだ。

善一郎と利害関係にあった者が辻斬りに見せかけて殺したという見方も出来な

いわけではない。しかし、妖刀雲切丸を使った笹村又三郎の腕に匹敵する剣客がざらにいるとは思えない。安本はどうか。

「沼田さまはどうお考えですか」

「私は……」

沼田は言いさした。

「いろいろありがとうございました」

剣一郎は礼を言い、立ち上がった。

何か言いたそうだったが、沼田は何も口にしなかった。ただ、表情が曇っていたことで、沼田もまた安本に疑いの目を向けていることがわかった。

沼田の屋敷を出て、安本の屋敷の前をそのまま素通りした。まだ、安本に会うには早すぎた。

その夜の五つ（午後八時）、板橋宿から戻った京之進が剣一郎の屋敷に寄った。

「まだ、三蔵は現われません」

「やはり、明日だ」

町方の注意を回向院に引きつけておいて、板橋宿を突破しようとしているのだ。

江戸から逃げると奉行所が考えているだろうことは、三蔵も当然読んでいるはずだ。だから、四宿には町方が待ち構えていると見ているだろう。だから、文字竹へ文を渡すという小細工を思いついたのだ。これにより、四宿の監視が緩くなるという計算だ。

香具師や旅芸人の一行にでも紛れて板橋宿を抜けるつもりか。

「三蔵が捕まればはっきりすることだが、浜町堀での辻斬りは、安本善兵衛さまの仕業かもしれぬ」

「えっ。でも、殺されたのは安本さまのご子息ではありませんか。安本さまがご子息を斬ったと？」

京之進は混乱したようにきいた。

「ご子息は実の子ではない。養子だ。そして、いろいろ問題があったようだ」

剣一郎は善一郎の非行を語り、

「安本さまは善一郎どのに家督を譲るわけにはいかないと思った。養子の縁を断つ考えもあっただろうが、親戚の手前それは出来なかったのだろう。そんなときに、辻斬りが出没した。これを利用しようとしたのだ」

「なんと」

「先日、七年振りに、安本さまがふいに屋敷を訪ねてきた。それも工作のひとつだったのかもしれない。善一郎どのに家督を譲り、自分は隠居して土いじりをして余生を送りたいと話していた」

「疑いを向けさせまいとしていたのですね」

「そうであろう」

剣一郎は大きくため息をつき、

「子息の仇を討ったという美談に見せかけているが、辻斬りが捕まれば、浜町堀の件は関係ないことがわかってしまう。だから、仇討ちを名目に辻斬りの口封じを図ったのだ」

「でも、場合によっては返り討ちに遭うことも」

「それも覚悟の上であったろう。いずれにしろ、辻斬りが捕まれば企みが明るみに出てしまうのだから」

剣一郎は続ける。

「それに、もともと安本さまは真下道場でわしと競い合ったほどで、剣の腕には自信があったと思える。相手が魔剣を使うことを知り、正面から立ち合おうとせず、脇差をうまく使って挑んだのだ」

「そういうことでしたか」

「だが、安本さまは手抜かりがあった。猿の三蔵が常に辻斬りといっしょだったことを知らなかったのだろう」

剣一郎は間を置き、

「もし、三蔵がいなければ、言い逃れることが出来るが、三蔵が捕まれば安本さまもはや逃れられぬ」

と、やりきれないように言った。

三

翌十二日の朝、町には十三日の煤払いのための煤竹売りが歩き、どの町の木戸番屋でも焼き芋を売りはじめていた。

朝五つ（午前八時）に、剣一郎は板橋宿平尾町に着いた。

日本橋から二里八丁（八・八キロ）のところにある板橋宿は平尾宿、板橋仲宿、板橋上宿に分かれている。

平尾町には飯盛旅籠が軒を連ねていた。剣一郎は川越街道と分岐する追分の近くに待機した。

長い宿場の町ごとに捕り方を置いた。万が一、最初の見張りを破られても、次の見張りが対応する。

問題は誰も三蔵の顔を知らないことだ。そのために、似ている男を間違って捕らえかねない。そこで、剣一郎は刀剣屋『剣屋』の番頭に協力を仰いだ。番頭は七年前に木挽町で三蔵を見かけていた。

剣一郎は近くの水茶屋の脇に待機した。そこには京之進もいる。

江戸市中から旅人がひっきりなしにやってくる。商人体の者や武士、旅芸人の一行もいる。女や年寄りはそのまま通すが、若い男はいちいち呼び止めた。

昼過ぎ、菅笠に道中着、腰に道中差しの男が巣鴨のほうからやってきた。

小柄で細身。体つきは三蔵の特徴に似ている。さっと緊張が走った。

京之進が行く手を塞ぐように出て行った。剣一郎は水茶屋の脇から見つめる。

「ちょっと尋ねたい」

京之進が声をかける。

男が身構えているのがわかった。

「名は？」

「島吉です」

男が小さく答える。

島吉と聞いて、剣一郎は土蔵の辰を思いだした。

「どこに行くのだ？」

「高崎です」

「ちょっと笠をとってもらおうか」

「………」

「どうした？」

「へえ」

男は渋々と笠をとった。

色白で、唇が赤く、女のような優男だ。剣一郎は番頭を呼んだ。

「あの男か？」

剣一郎は京之進と向かい合っている男を示した。

じっと見つめていたが、

「似ています。いえ、三太郎です」

と、奉公人当時の名を口にした。

「よし。では、番屋で待っていてくれぬか」

「わかりました」

番頭は奉行所の小者に案内されて、仲宿にある番屋に向かった。板橋宿の中心は仲宿であり、ここに本陣や問屋場もある。

剣一郎は京之進のそばに行った。

男ははっとした。

「南町の青柳剣一郎である。少しききたいことがある」

「あっしが何か」

男が憤然とした。

「そなたがある男に似ているのでな」

「誰に似ているって言うんですか」

「猿の三蔵だ」

「そんな男、知りません」

「ほんとうに知らないか」

「ええ」

「笹村又三郎という武士を知っているな」

「知りません」

「そうか」

剣一郎は京之進に目配せをした。

京之進は頷き、男に向かい、

「番屋で話をききたい」

と、ついてくるように言った。

「待ってくださいな。あっしは先を急いでいるんです」

男はあわてて口にする。

「そんなに手間はとらせぬ」

京之進は男を番屋に連れて行った。

番屋で、京之進が切り出した。

「改めてきく。名は？」

「島吉です」

「ほんとうのことを喋らないとおぬしのためにならぬ」

「ほんとうですぜ」

男は顔を引きつらせて言い返す。

「道中手形は？」

「ありません。商売で高崎までなので」

「島吉だと証すものを持っているか」

「いえ」

「ないのか」

「へい」

剣一郎は男の前に出て、

「本所横網町の文字竹を知っているな」

「知りません」

「今夜五つ、回向院境内に来いと、文字竹に呼び出しの文を届けたのではないか」

と、きく。

「何のことか」

男はとぼけた。

「あくまでもしらを切るのか」

剣一郎は強い口調で、

「素直に喋れば、心証もよくなろうに。最後にもう一度きく。名は?」

「島吉だと言っているじゃありませんか」

「南伝馬町二丁目にある刀剣屋の『剣屋』を知っているな」

男は不安そうな顔になった。

「どうだ。知っているのか」

「知りません」

「止むを得ぬ」

剣一郎は『剣屋』の番頭を呼んだ。

番頭が目の前に現われると、男は目をいっぱいに見開いた。

「三太郎。久しぶりだ」

番頭が声をかけた。

「…………」

何か言ったが、声にならない。

「島吉という名は、土蔵の辰が今使っている名だ。最近、土蔵の辰に会ったな?」

剣一郎は確かめる。

「あっしは島吉です。三蔵なんかじゃありません」

「往生際が悪いぞ、三蔵」

剣一郎はいきなり男の左腕をつかみ、袖をまくり上げた。

男はあっと悲鳴を上げる。

左腕に傷があった。

「この傷は、旗本的場家の土蔵から妖刀雲切丸を盗んで逃げる際、警護の侍が投げた小柄が突き刺さったものだ。観念せよ」

剣一郎は激しく責めた。

「恐れ入りました」

三蔵はやっと認めた。

「そなたは文字竹といい仲になっていたが、『大黒屋』の旦那の甚右衛門に見つかった。そうだな」

「へえ。文字竹といっしょに八つ裂きにするっていうので、あわてて甚右衛門の機嫌をとるために、妖刀雲切丸の話を持ちだしたんです。甚右衛門が呪いや祟りに興味を持っていると、文字竹から聞いていたので。思ったとおり、乗ってきました」

「そなたが的場家に妖刀雲切丸があると聞いたのは十五年前だ。今もあるかどうかわからぬではないか」

　剣一郎は疑問を呈(てい)した。

「甚右衛門が調べると言い、乞食(こじき)坊主に化けて的場家に行き、確かめました」

「土蔵にあると睨(にら)んで忍び込んだのだな。すぐ、妖刀雲切丸だとわかったのか」

「へえ。封印されていた桐の箱に入っていた刀を出して握ったとき、背筋がぞくっとしました。雲切丸に間違いないと思いましたよ」

「で、土蔵から出たときに警護の侍に見つかった」

「そうです。塀に向かって逃げる途中、小柄が突き刺さって……。医者に行けないので、甚右衛門から『大黒屋』の薬を調合してもらったんですが、悪化して」

　三蔵は自嘲した。

「甚右衛門は妖刀雲切丸を笹村又三郎という侍に渡したのだな」

「あの甚右衛門という男は異常ですぜ。妖刀雲切丸を持った笹村又三郎がどう変わるか見てみたいと」

「辻斬りをするように命じたわけではないのか」

「違います。あくまで、笹村又三郎がどう変わるかを見るだけです。ところが、笹村又三郎は辻斬りを働いたのです。それを知って、甚右衛門は興奮していました。その次からは、あっしに辻斬りを見届けて、その様子を教えるようにと」

「それだけではあるまい。辻斬りをしたあと、笹村又三郎から妖刀雲切丸を受け取り、預かっていた刀を渡した。万が一、巡回の町方と出会ったときのためだ」

剣一郎は言い切る。

「そうです」

「ところで、浜町堀での辻斬りだが」

剣一郎は息を呑んでから、

「あれは笹村又三郎の仕業ではないな」

と、きいた。

「そうです。別人です。笹村又三郎も怒っていました。それで、あっしに調べろと」

三蔵は顔をしかめた。

「で、浜町堀の辻斬りは誰かわかったのか」

「いえ、わかりません。だが、殺された男の父親が辻斬りを捜して歩き回っていると知ったんです。笹村又三郎は疑われているのは心外だと言いながらも、自分に向かってくる者は斬りがいがあるとほくそ笑んでいました」

「偽（にせ）の辻斬りの正体はわからないが、父親に狙いをつけたのだな」

「そうです。笹村又三郎は強い相手を求めていたんですよ。たぶん、妖刀雲切丸を持っていると、誰にも負ける気がしなかったんじゃないですか」

三蔵は身をすくめて言う。

「角谷松之助に狙いを定めたのも、その理由からだな」

「あの侍も辻斬りを追っていました。だから、一石橋に誘（おび）き出したら、たまたま通りかかった浪人に見つかり、あんなことに」

「最後に、甚右衛門のことだ。甚右衛門と治助を斬ったのは笹村又三郎だな」

「へえ」

「なぜだ？」

「甚右衛門が笹村又三郎に妖刀雲切丸を返すように言えとあっしに命じたんです。しばらくしたら、刀を返すという約束だったそうです。それで、あっしは笹村又三郎に会いに行きました。でも、たった一言、返さぬと」

三蔵は息継ぎをし、

「雪見の会で妖刀雲切丸を使うから、甚右衛門が承知するはずありません。それを言ったら、笹村又三郎は何があっても返さぬと。もう、そのころの笹村又三郎はまるで何かに取り憑かれたようになっていました」

「そなたは、笹村又三郎が甚右衛門を斬ってくれることを望んだのではないか」

「とんでもない。そんなこと、考えもしませんよ」

「だが、甚右衛門が殺された後も、そなたは笹村又三郎の辻斬りの手助けをしたな。甚右衛門より笹村又三郎を選んだのではないか」

剣一郎は鋭く言う。

「甚右衛門がいなくなれば、そなたは甚右衛門から解き放たれるではないか。もう辻斬りの介添えをする必要はない。それなのに、なぜまだ続けた？」

「…………」

「そなたが笹村又三郎を唆し、甚右衛門を斬るように……」

「違うんです」

三蔵が叫んだ。

「あっしも甚右衛門が殺されたとき、これで自由になれると思った。でも、どういうわけか、足は笹村又三郎のところに向かっていたんだ」

「ひょっとして、そなたも妖刀雲切丸に……」

「雲切丸がひとを真っ二つにするところが脳裏から離れなくなっていて、またそれを見たいという欲求に駆られて」

三蔵は真顔で訴えた。

「辻斬りの現場を見たまま、甚右衛門に報告していたら、いつしか自分もその虜になっていたんです」

「それで、笹村又三郎に頼まれるままに、安本善兵衛を湯島聖堂から神田明神に通じる道に誘き出したのか？」

剣一郎は確かめる。

「そうです」

「それで、ふたりの様子を見ていたのだな。いつもと違ったのか」

「へえ。いつもはいきなり斬りつけるのに、あのときはしばらく向かい合っていたんです」

「しばらく向かい合っていた？　刀は構えていたのか」

「いえ、ふたりとも刀を抜いていませんでした」

「睨み合っていたのか、それとも話していたのか」

「たぶん、笹村又三郎は浜町堀での辻斬りは自分ではないと否定したのではないかと」

「なるほど」

「そのうち、いきなり安本善兵衛が脇差を抜いて投げつけ、すぐに斬り込んでいったんです。あっしは目を疑いました。笹村又三郎が斬られたのですから」

三蔵は興奮した。

落ち着くのを待ってから、

「横網町の文字竹に文を渡したのは、わしに伝えると考えてのことか」

と、剣一郎はきいた。

「へえ、もう文字竹は青柳さまの言いなりだと思ったんです。だから、町方の目を回向院に向けさせて、その間に中山道を突っ走ろうとしたんですが」

「どこに行こうとしたのだ?」

「高崎です。向こうに行けばなんとかなると思って」

「ほんとうは誰かの紹介で行く当てがあったのではないか」

「ありませんよ」

三蔵は強く否定した。

「土蔵の辰と会ったことは？」

「もう何年も会ってませんよ」

「文字竹宛の文を、誰に託したのだ？　持ってきたのは女だそうだが」

「通りがかりの女に頼んだんです。小遣いをやって」

三蔵は土蔵の辰をかばっている。

「そうか。わかった」

剣一郎は引き下がってから、

「そなたは四、五年前から、深川櫓下の『柊家』という子供屋にいる小巻を贔屓（ひいき）にしていたそうだな」

「ええ……」

「必ず身請（みう）けをすると約束していたそうではないか」

「へえ」

「だが、最後に、若い妓（おんな）のほうがいいと言い、それきり来なくなったと小巻は嘆いていた。そなたのことを信じていたようだ」

「そうですかえ」

三蔵は苦しげな顔をした。

「文字竹に心が移ってしまったのか」

「それだけじゃありませんよ」

三蔵は俯いたまま続ける。

「あっしは本気で苦界から抜け出させてやりたいと思っていたんです。でも、盗人のあっしのまっとうじゃねえ金で身請けして、そのあとどうなるのかと。ただ、身請けだけして、それで済むのかと。そんな疑問を持ちだしたとき、文字竹と出会ったんです。小巻への負い目から逃れようと、文字竹に近づいていきました」

三蔵は急に顔を上げ、

「青柳さま。小巻に言伝てを願えませんか」

と、訴えた。

「いいだろう。なんだ？」

「あっしは本気で身請けしようとしていたと。それだけ伝えてくだせえ」

「三蔵はどうしたときかれたら？」

「商売で江戸を離れたと」

「わかった。そう伝えておこう」

「へえ、お願いします」

剣一郎は京之進に向かい、

「あとは頼んだ」

と言い、番屋を出た。

剣一郎にとって辛い仕事がまだ残っていた。

四

翌日の夕方、北風が吹きすさぶなか、葉を落とした木々の小枝は凍りついたように微動だにしない。目に映る風景は荒涼としていた。剣一郎は胸をかきむしりたくなる思いで、神田明神の鳥居の前に立っていた。

夕陽が西の空を茜色に染めている。その茜色の空から、ふいに影がひとつ湧き出たように現われた。

ゆっくり向かってくる。剣一郎も近づいて行った。安本善兵衛だ。

安本は立ち止まった。同時に、剣一郎も足を止めた。

「安本さま、こんなところまでお呼びたてして申し訳ありません」

剣一郎は詫びた。

「いや、お役目であれば致し方ないこと」

安本は鷹揚に答える。

辻斬りの笹村又三郎と対峙したときの様子を詳しくきく必要が出てきたという理由で、現場であるこの場所に呼び出したのだ。

「じつは、笹村の辻斬りを手助けしていた猿の三蔵を捕らえました。ところが、三蔵が妙なことを……」

剣一郎は安本の顔色を窺う。

「善一郎どのが浜町堀で斬られた件ですが、三蔵はこう言ってました。あの殺しは笹村又三郎の仕業ではないと」

「………」

「その夜、笹村又三郎は役務についていました。城内の広敷添番の詰所にいた笹村又三郎が浜町堀での辻斬りを働くことは出来ません」

「では、善一郎を斬ったのは誰だ?」

安本がきいた。

「その前に、安本さまは笹村又三郎に誘き出されてここまでやってきたのですね」

「そうだ、遊び人ふうの男が知らせてきた」

「笹村又三郎は自分を追っている安本さまを次の辻斬りの狙いにしましたが、三蔵の話では、斬る前に浜町堀の件は自分ではないと告げようとしていたそうです」

「………」

「安本さま、どうでしたか。辻斬りと対峙したとき、相手はそのような話をしませんでしたか」

安本は微かに頷き、

「そうだ、そのような弁明をしていた。だが、わしは信じなかった」

と、きっぱりと言った。

「笹村又三郎は他には何か言っていませんでしたか」

「いや」

安本は目を逸らした。

「笹村又三郎は居合の達人であり、さらに妖刀雲切丸を手にして普段の実力以上の力を得ていました。そんな相手を討ち果たした安本さまには感服するしかありません」

「運がよかっただけだ。一歩間違えば、わしが斬られていた」

安本は顔をしかめた。

「脇差を投げつけ、相手が弾く間に斬りつけたのでしたね」

「そうだ」

「笹村又三郎が何か言おうとした、その隙を狙ったのではないですか」

「いや、向こうが斬り込んでくる気配を察して投げつけたのだ」

安本は不機嫌そうに言い、

「青柳どの。何を調べているのだ？　そのことが重要なのか」

と、剣一郎に鋭い目をくれた。

「笹村又三郎がなぜ油断したのか、そのことが気になっているのです」

「わしの腕を信じていないということか」

「いえ、そうではありません。ただ、居合の達人の上、妖刀雲切丸を手にした笹村又三郎がなぜ油断をしたのか」

「油断ではない。相手の殺気を察して、わしが奇襲を仕掛けたのだ」

安本は強い口調で言い返す。

「そうですか」

剣一郎は間を置き、

「善一郎どのを斬ったのは笹村又三郎ではないことは納得されましたか」

と、きいた。

「いや、あやつの言葉がどこまで真実かわからぬでな」

「では、辻斬りが何のために弁明しようとしたと思われますか」

「わしを油断させるつもりだったのだろう」

安本は口元を歪めた。

「これまで、笹村又三郎は一撃で相手を斃しています。なぜ、安本さまにだけはそのように手の込んだことを？」

剣一郎は畳みかけてきく。

「わしの腕を見抜いて、今までのようなわけにはいかないと思ったのであろう」

「妖刀雲切丸を持っている笹村又三郎に恐怖心はなかったと思います」

剣一郎は否定して、

「善一郎どのを斬ったのは笹村又三郎ではありません。安本さまは仇を討っていません」

と、言い切った。

「わしは仇を討ったと思っている」

安本は言い返す。

「善一郎どのを斬った人物は、どこぞでのうのうとしているとは思いませんか」

「青柳どの、尋ねることはそれだけか。ならば、もう帰らせてもらう。体も冷えてきたでな」

安本は踵（きびす）を返した。

「お待ちください」

剣一郎は呼び止めた。

「最後に、私の想像を聞いていただけますか」

「想像？」

「はい。安本さまが笹村又三郎を斃したときのことです」

「…………」

安本は不快そうな顔をした。

剣一郎は構わず続ける。

「笹村又三郎は浜町堀の件で自分の関与を否定した。それを聞いて、安本さまはじつは斬った者を知っていると切り出したのでは？」

「………」

「そして、安本さまが口にしたことに、笹村又三郎は驚愕した。その隙を狙って脇差を投げつけ、体勢を崩したところに剣を構えて突進した……」

「誰が善一郎を殺したと？」

「安本さまです」

「なに」

安本の顔が紅潮した。

「善一郎どのを斬ったのは自分であると告白したのではありませんか。そのことに笹村又三郎は呆気にとられた。そこに脇差を投げつけた」

「………」

「違いますか」

「青柳どのはわしが善一郎を斬ったと言うのか。ばかばかしい。なぜ、わしが後継ぎの悴を殺さねばならぬのか」

「そのわけを、安本さまからお聞きしたいのです」

「証はあるのか」

「いえ」

「では、青柳どのの妄想に過ぎぬな」

安本は激しく顔を歪め、

「話にならぬ」

と、吐き捨てた。

「三日お待ちいたします。どうか、それまでに」

「失礼する」

安本は憤然と引き上げて行った。

剣一郎は、その後ろ姿を胸が締めつけられる思いで見送った。

「青柳さま」

太助が近寄ってきた。

「いたのか」

「はい」

太助は安本が去ったほうを見て、

「あれが青柳さまと親しい御方なのですか」

と、呆れたように言う。

「そうだ。若い頃は同じ道場で研鑽を積んだ仲だ」

「そうは見えません」

「いきなり真相を突き付けられて、動揺したのだ。落ち着いてくれれば、以前の安本さまに戻るだろう」

剣一郎はそう期待した。

「さあ、帰ろう」

「はい」

剣一郎は太助とともに引き上げた。


翌朝、出仕した剣一郎は、宇野清左衛門と年番方与力の部屋の隣の小部屋で向かい合った。

「昨夜、安本さまに会いました」

そのときの様子を話した。

「素直に認めぬであろう。御家の断絶がかかっているからな」

清左衛門は難しい顔をし、

「問題はこのまま認めようとしない場合だ」

と、口にした。

「倅の善一郎の悪行を調べ上げ、安本どのに突き付けるしかあるまい」

「いえ、そこまではしたくありません。あくまでも、安本さまご自身から告白を

……」

「なぜだ？」

「安本さまの心の奥に土足で踏み込んでいくような真似はしたくないのです」

「しかし、このまま捨ておくわけにはいくまい」

「はい」

「場合によっては、お目付の手に委ねるしかないことになる」

「宇野さま。申し訳ありません。私情が絡んでいるとの誹りは甘んじてお受けします。どうか、もうしばしの猶予を」

「うむ」

清左衛門は唸り、

「いずれにしろ、浜町堀での辻斬りは笹村又三郎の仕業ではないことははっきりしている。だが、まだ下手人が捕まっていないのだ」

と、困惑したように言った。

「あと二日間だけ猶予を」

剣一郎は頼んだ。

「いや、青柳どのを責めているのではない。ただ、ひとりで悩んでいるのではないかと思ってな」

「すみません。勝手な真似を」

剣一郎は頭を下げた。


奉行所を出て、剣一郎は深川の櫓下に行った。

『柊家』の格子戸を開け、小巻を呼んでもらった。昼でも呼出しはあるが、幸いに小巻はいた。

小部屋で待っていると、襖が開いて小巻が入ってきた。今日は化粧をしていた。

「これは青柳さま」

小巻は中に入って腰を下ろした。

「じつは、先日三太郎に会った」

「三太郎さんに?」

小巻は表情を明るくしたが、

「辻斬りの件でしたね」

小巻は覚えていた。

「そうだ。おかげで辻斬りの件は片がついた。そのとき、三太郎からそなたへの言伝てを頼まれたのだ」

「言伝てですって」

小巻は驚いたようにきき返す。

「本気で身請けを考えていたと三太郎が伝えて欲しいと」

「三太郎さんはなぜ、そんな言伝てを？」

「三太郎は商売で江戸を離れることになった。そなたのことが心残りだったそうだ。だから、わしに言伝てを頼んだのだろう」

「青柳さま」

小巻は真剣な眼差(まなざ)しで、

「三太郎さんは他に好きな妓が出来たと言って、私から離れて行ったのです。それなのに、本気で身請けを考えていたなんて言われても」

「そうよな」

剣一郎は頷き、

「三太郎にはそれなりの苦しい事情があったのだ。他に好きな妓が出来たと言ったのは、ほんとうのことではない」

「…………」

「不審もあるだろうが、わしは三太郎のそなたへの思いは嘘ではないと思っている」

「そうでしょうか」

小巻は疑わしげに言い、

「でも、その気持ちだけ受け止めておきます」

「それがいいだろう」

「青柳さま」

小巻が改まった。

「どうした？」

「じつは、今私に身請け話が」

「なに、誰だ？」

剣一郎は驚いてきき返す。

「それが知らないひとなんです」

「知らない？」

「はい。それも、本人はここに現われず、代わりの男のひとがやってきて」

「代わりの男とは？」

「身請けをしてくれるお方の奉公人だという年寄りです」

「名は？」

「島吉さんです」

「島吉？」

まさか、と剣一郎はある男の顔を思い浮かべた。

「どんな感じの年寄りだ？」

「小柄で、病み上がりのように頰（ほお）の肉が落ちて、痩（や）せていました」

「そうか」

「青柳さま、ご存じで？」

「もしかすると知っている男かもしれぬ」

剣一郎は正直に答え、

「で、身請け話を受けるのか」

と、きいた。

「迷っています。知らないひとに身請けされるのは怖いですから。それに妾として囲われても、そのひとが亡くなったら私は路頭に迷うことになります。そうしたら、またこのような商売に逆戻りです」

「そのことを、島吉に確かめてみるのだ。ひとりになったとしても、暮らしていけるように商売でもやらしてくれるのかと」

剣一郎は言い、

「その返事次第で、受けてもいいかもしれぬ」

と、付け加えた。

「でも、知らないひとの言いなりになるのは……」

小巻は怖じ気づいた。

「悪いほうに考えずともよい」

「ひょっとしたら、三太郎さんでしょうか」

ふいに、小巻が気がついたようにきいた。

「どうして、そう思うのだ？」

「本気で身請けを考えていたなんて、なんでわざわざ言伝てをするんでしょうか。そのときの気持ちを知ったって、今の境遇が変わるわけじゃありません。そんな無駄なことをなぜ……。そう思ったとき、降って湧いたような見知らぬひとからの身請け話です。思いがけぬことがふたつも重なるなんて」

「そなたの想像は合っているかもしれぬな。もし、そうだとしたら、受けるか」

剣一郎は確かめる。

「いえ、お断りします」

小巻はきっぱりと言った。

「断る？　三太郎が陰からそなたを身請けしようとしているかもしれないのにか」

「私が夢に見たのは、三太郎さんに身請けされて、その後、いっしょに生きていくことでした。三太郎さんと暮らしていくことが叶わないのなら、意味がありません」

「そうか。そなたは三太郎のことをそれほどまでに」

「私のことを女郎としてでなく、ひとりの女として見てくれました。必ず身請けをすると本気で言ってくれたのも、三太郎さんだけです」

「そうか」

剣一郎は大きくため息をつき、

「その島吉はわしが知っている男だから信用していい。身請け話はもう少しよく考えて決めても遅くはあるまい」

そう言いきかせて、剣一郎は話を切り上げた。

剣一郎は『柊家』から冬木町に行き、呑み屋『おせん』の離れにいる土蔵の辰こと島吉に会った。

「三蔵を板橋宿で捕まえた」

剣一郎は切り出した。

「そうですか」

島吉は暗い顔になった。

「そなたの協力のたまものだ」

「三蔵はさぞかしあっしを恨んでいるでしょうね」

「三蔵は土蔵の辰の名を出さなかった。そなたをかばっているようだった」

「あっしは裏切ったのに……」

島吉はしんみり言う。

「ところで、そなたは櫓下にある『柊家』という子供屋に行ったな」

剣一郎はきいた。

「へえ」

島吉は小さくなって頷く。

「何しに行ったのだ?」

「それは……」

「小巻に会いに行ったんだな。三蔵に頼まれて、身請け話をしに」

「恐れ入ります」

島吉は観念してあっさり認めた。

「江戸から逃げるときに頼まれました。五十両を寄越し、この金で小巻を苦界から救い出し、生計(たつき)が立つようにしてくれと。甚右衛門から謝礼としてもらった金だそうです。でも、小巻からはいい返事をもらっていません」

「今後、どうするのだ?」

「三蔵と約束したことですから、何度も会いに行って説き伏せます」

「その五十両は辻斬りを手助けした見返りにもらったものだろう。そんな金だと知ったら、ますます小巻は身請けを拒むのではないか」

「小巻が断ったら、この五十両はどうしたらいいでしょうか」

島吉はきいた。

「三蔵から預かった金だと正直に話し、小巻に渡すのだ。ただ、それさえも拒むかもしれない。そうなったら、奉行所に届けるのだ。大丈夫だ、土蔵の辰だとは誰にもわからぬ」

「恐れ入ります。わかりました。小巻の返事次第で、そうさせていただきます」

「それにしても、三蔵はまだ他に金を持っていたのか。五十両も金を出してしまったら、自分は困らなかったのか」

板橋宿で捕まえたとき、三蔵は十両ほど持っていたが……。

「上州のおかしらのところに行けばなんとかなりましょう」

「そうだな」

「青柳さま。上州のおかしらのことを問われても、あっしは喋りません」

「わかっている。三蔵のことだけで十分だ」

剣一郎は言い、離れを出た。

深川から本材木町（ほんざいもくちょう）三丁目と四丁目の境にある大番屋に着いた。

ちょうど、三蔵が小伝馬町の牢屋敷に連れて行かれるところだった。

「少し三蔵と話がしたい」

剣一郎は京之進に頼んで、三蔵のそばに行った。

「三蔵、小巻に会ってきた」

剣一郎は切り出し、

「身請け話があるそうだ。だが、それを断るつもりらしい」

「えっ？　なぜですかえ」

三蔵は顔色を変えた。

「せっかく、苦界から抜け出せるというのに……」

「小巻はこう言っていた。三太郎さんに身請けされて、いっしょに生きていく。それが叶わないのなら、意味がないと」

「そんな」

三蔵は肩を落とした。

「そなたが本気で身請けを考えていたことを知って、小巻の心の中でわだかまっていたものが解消されて仕合わせな気分に浸っているのではないか。そなたも、そう思うことだ」

「わかりました」

三蔵は応じたあとで、

「ただ、あっしが処刑されたとき、あの三蔵だと気づかれないで済むように祈るだけです」

と、口にした。

「青柳さま。そろそろ」

京之進が声をかけた。

「よし」

京之進らに連れられ、後ろ手に縛られた三蔵が小伝馬町に向かった。

楓川(かえでがわ)沿いを行く一行を、剣一郎はいつまでも見送っていた。

五

約束の三日目、安本から使いがきて、剣一郎は夜六つ半（午後七時）前に浜町堀にやってきた。

日中は風もなく、日当たりの良い通りを歩いていると汗ばむほどの陽気だった。夜になってもそれほど寒さは厳しくなかった。ただ、西の空からゆっくりと叢雲(むらくも)が現われ、月を隠した。

待つこと四半刻（三十分）、安本善兵衛が月明かりを浴びながら静かに現われた。

「待たせたようだな」

安本が口を開いた。

「いえ」

「あの夜、ここでこうして善一郎と向かい合った」

安本は気負うことなく淡々と語りだした。

「善一郎はわしのような小禄の武士の養子にされたのが不満だったようだ。それでも、最初のうちはおとなしくしていたが、だんだん本性を現わしてきた。生活も乱れ、わしら夫婦に逆らうようになってきた」

安本は堀の水面に目を向けている。そこには月が映っている。

「善一郎は家の金を盗み、ときには家宝としていた掛け軸を売り飛ばした。何度も意見をしたが、馬の耳に念仏だ。調べると、よからぬ連中とつるみだしていた。善一郎は妻の兄の子だった。聡明そうな子で、わしら夫婦が懇願して貰(もら)い受けたのだ。その手前、おいそれと養子の関係を断つことが出来なかった。勘当も考えたが……」

「そういう状況だったとは、まったく知りませんでした」

剣一郎はやりきれないように言う。

「わしは先手鉄砲組与力だったが、勘定所の登用試験を受けた。そのために勉強したが、出世を考えてのことではない。わしには机に向かっての仕事が向いていると思ったからだ」

安本は夜空を見上げた。雲が月にかかり、辺りが暗くなっていた。

「勘定所ではいろいろな旨みがあった。材木問屋や土木に従事する者からの付け届け、賄賂……。わしはそれらを一切撥ねつけ、与えられた役目をこなしてきた。融通のきかない男という批判も意に介さずにな。そのせいか、昇進は遅かった」

安本は苦笑し、

「だが、わしは目先の利益などに惑わされず、役儀に忠実であることを心がけた。役所での対人関係などの悩みは、非番の際の土いじりで解消された。そんなわしの姿を評価してくれる上役もいて、仕事も楽しくなっていた」

安本は息を継ぎ、

「わしに、勘定吟味役の話も持ち上がってきた。望んではいないが、それが自分に与えられた使命ならそれに応えるだけだ。そんなわしの足を引っ張っていたのが善一郎だ」

と、無念そうに目を閉じて首を横に振った。

「善一郎はゆすりたかりをしている男の妹に夢中になり、親戚の者の養女にして嫁に迎えたいと言い出した。そんなことになったら、やくざな兄が平然と安本家に出入りするようになる。善一郎に家督を譲ったら、安本家はぼろぼろにされる。決して、思い過ごしではない」

安本は大きく息を吐き、

「わしの屋敷に賄賂を持ってきた材木問屋の番頭がいた。善一郎が応対に出て、賄賂の金を勝手に受け取り、使い込んでしまったことがあった。あとで役所で問題になった。最初は、善一郎は悪い奴に騙されているのかと思ったが、そうではなかった。善一郎が仕切っていたのだ。それを知ったとき、もうだめだと思った」

そこまで追い詰められていたのかと、剣一郎は苦渋に満ちた安本の顔を痛ましげに見た。

「そこまでとは思いませんでした」

　剣一郎は胸を締めつけられる思いで言ったが、

「でも、他に方法はなかったのでしょうか。親戚に実情を話し、養子縁組を解消することは……」

「青柳どのは善一郎を知らないからそう言えるのだ」

　安本は吐き捨てた。

「知らないとは？」

「善一郎は親戚の者たちにはいい顔をしている。取り入るのがうまいのだ。わしが善一郎の悪事を告げても誰も信じなかっただろう」

「…………」

　それでも、他に何か打つ手はあったはずだと思ったが、今さら言っても詮ないことだった。

　月は雲間から顔を出したり、引っ込めたりし、そのたびに辺りは明るくなったり暗くなったりした。

　対岸にある辻番所の提灯の明かりが辺りを照らしているが、浜町堀の堀沿いを通る者は誰もいない。

「安本さま、今後、どうなさるおつもりですか」

剣一郎はきいた。

「しらを切り通そうと思えば、それも出来た。だが、青柳どのにはほんとうのことを知ってもらいたくて、すべてをさらけ出した」

安本は落ち着いてきたのか、静かな口調で話した。

「わしは安本家を守るために、あえてこのような振る舞いに出たのだ。新しく養子を迎え、わしもしばらく隠居せずに勘定所勤めを続けるつもりだ」

剣一郎は耳を疑った。

「善一郎どのを辻斬りの仕業に見せかけて殺した件はどうなさるのですか」

「何者かが善一郎を斬ったのだ」

安本は平然と言った。

「お待ちください。今、安本さまはご自分が斬ったことを告白なさったばかりではありませんか」

「だから、青柳どのだけに話したのだ。それ以外の者には、何者かが辻斬りの仕業に見せかけて殺したと……」

「自分の罪はなかったことにしようと？」

　剣一郎は唖然としてきいた。

「青柳どのが目を瞑ってくれれば何の問題もなかろう」

「安本さま」

　剣一郎は茫然とした。

「わしが告白したのも、青柳どのならわかってくれるだろうと思ったからだ」

「私以外にも安本さまに疑いを向けている者はたくさんいます」

「わしの仕業だという確たる証はあるまい。はっきりしているのは、何者かが辻斬りに見せかけて殺したということだけだ。青柳どのがわしではないと言えば、他の者は納得するのではないか」

「安本さまのお言葉とは思えません」

「青柳どの。よく考えるのだ。このまま見過ごして何が問題なのだ？　悪いのは善一郎だ。あの男がいなくなって嘆く者はおるまい。それに、わしはいずれ勘定吟味役になる。賄賂など、不正に絶対に手を染めない真摯な働きが認められたのだ。清廉潔白なわしこそ、不正を検める勘定吟味役にふさわしいと上役が評価してくださった。わしが吟味役になれば、不正もなくなるはず」

「あなたは、善一郎どのを一方的に悪く言いましたが、それはあなたの言い分」

剣一郎は、安本さまではなく、あなたと呼び方を変えた。

「私はあえて善一郎どのの素行を調べようとはしませんでした。あなたがちゃんとすべてを打ち明けてくれると思ったからです。しかし、違った。残念です」

「なに」

「善一郎どのにも言い分はあったはず。あなたがすべて正しいとは言い切れません。いえ、あなたは善一郎どののよい部分を見ようとしなかったのではないですか」

「あの男によいところなんてない」

安本は冷たい目で言う。

「そうでしょうか。善一郎どのははじめからあなたが言うような人物だったのでしょうか。養子にもらおうと決心したのですから、最初はあなたも気に入っていたはずです。それが、だんだん亀裂が入るようになった。それが何ゆえだったのか」

「勝手な憶測は意味がない」

「いえ、何かがあって、あなたは善一郎どのを疎(うと)んじはじめた。あなたが、善一郎どのをどんどん追い詰めていったのではありませんか」

「今さらそんな話をしても無駄なだけだ。青柳どのはこのまま目を瞑ってくれればいいのだ」

「それは出来ません」

「なに」

「私があなたを見逃せば、奉行所は善一郎どのを斬った者を探索しなければなりません。場合によっては、無実の者を捕まえることになるかもしれません。そうなったとき、あなたはどうなさいますか」

「…………」

「無視しますか」

安本は答えようとせず、堀端まで進んだ。堀の水も凍りついたように流れを止め静かだった。

剣一郎は安本の背中を見つめた。

安本は口を閉ざしていた。何かと闘っているのか。己の中の正義と悪とか。

ようやく、安本は堀に向いたまま口を開いた。

「善一郎はわしが土いじりをしている姿を見て鼻で笑っていた。こつこつと地道に生きて行く姿勢に批判的だった。賄賂だって悪くない。ようするに、面白みのない男だと思っていたようだ。善一郎とは根本的になにか違うのだ」

「そのときによく話し合って……」

「したさ。だが、話は通じなかった。決定的な亀裂は今年になってからだ。早く隠居してくれと言いだしたのだ。早く家督を継いで、自分の思い通りにしたいと。ずっと撥ねつけてきたが、最近になっていやにしつこく迫るようになった。さっき言ったやくざな兄妹との件はわしへの脅しだった。家督を譲ってくれれば、あの兄妹と縁を切ると。どこまで信じていいかわからなかったが」

安本は顔を向け、

「これが善一郎のすべてだ。善一郎のどこに共感が出来ると言うのだ」

「先ほどは、安本家が崩壊してしまうからと言ってましたね。今のお話では、善一郎どのは家督を継いだあと、自分なりにやりたいことがあったように思えましたが」

「そんなことはない」

「安本家を守るためではなく、あなたは勘定吟味役に執着したのではないですか。隠居などというのは口先だけで、ほんとうは勘定吟味役に就き、まだ現役でいたかった。いや、勘定吟味役を問題なくこなせば、さらなる出世が望めた。善一郎どのを排除しようとしたのは、そのためではないですか」

剣一郎は言い切った。

「………」

安本から否定の返事はない。

代わりに安本の口からとんでもない言葉が飛び出した。

「そなたには裏切られた。わかってくれると思ったからすべてを話したのだ。真下道場での木刀での立ち合いはそなたに敵（かな）わなかったが、真剣ならまた別の結果になろう」

安本は抜刀した。眦（まなじり）がつり上がり、顔つきは別人のようになっていた。

「安本さま。私を斃しても無駄です。善一郎どのが辻斬りの犠牲になったのではないことは、多くの者がわかっているのです」

「そなたがいなければ、いくらでも言い逃れは出来る」

いきなり迫ってきて、上段から斬りつけてきた。

剣一郎は横に跳んで切っ先を避けた。

安本が再び、迫ろうとしていた。

「なぜですか、なぜこんなことを」

剣一郎は刀の柄に手をかけ、信じられない思いで安本を見た。

「安本さま、目をお覚ましください」

まるで何かに取り憑かれているようだ。

「わしは真下道場で、剣術においても才知においてもそなたに負けないと自負していた。だが、やがて剣術でわしを凌いでいき、気がついたとき、そなたは青痣与力として名を馳せていた。わしはそなたと比較はもうしまい、生き方が違うのだと自分に言いきかせ、出世や栄誉などに関心を持たないように、ただ与えられた役目を地道にこなすことに専心してきた。だが、善一郎が封じ込めていたわしの本性を引き出した。それは、そなたへの敵愾心だ」

「………」

「わしはそなたに引け目を感じていた。だが、あることで、その思いが解消されることがわかった。それは善一郎殺しについて目を瞑ってもらうことだ。わしのために、真実をねじ曲げる。そなたがわしの命令に服従することで、わしはそなたの優位に立つ。だが、そなたは拒んだ。最後の手段はこれしかないのだ」

安本は間合いを詰めてきた。

「安本さま。私に刀を抜かせないでください。あなたを斬りたくない」

「なにを」

安本は憤然として刀を上段に構えた。剣一郎は仁王立ちで待ち構えた。

雲間に隠れた月がまた顔を出した。安本の頭上で刀身が月の光をはね返した。殺気が満ちているのがわかった。

安本の鋭い攻撃を躱すには刀を抜くしかない。剣一郎は抜きたくなかった。抜けば、安本を斬らねばならない。

だが、頭上に刀を構えたまま安本の動きが止まった。やがて、上段に構えた体がふらつき、安本は刀を下ろした。

「だめだ。善一郎は斬れたが、そなたは無理だ」

安本は呻くように言った。

「安本さま」

剣一郎は痛ましげに声をかけた。

「わしの負けだ。やはり、青柳どのには勝てなかった」

安本は茫然と呟いた。

彼方から提灯の明かりが近づいてきた。京之進たちだった。中に太助がいた。

「青柳さま」

太助が駆けつけてきた。

「探しました」

太助は安堵したように言う。

「青柳さま、これは?」

京之進は安本を見た。

「安本善兵衛さまだ。すまないが、駕籠を用意し、本郷の屋敷まで送り届けてもらえぬか」

「はっ」

京之進はついてきた岡っ引きに駕籠の手配を命じた。

「安本さま。今宵は屋敷にお戻りください。明日、改めてお伺いいたします」

剣一郎が言うと、安本は微かに頷いた。

「早まった真似はいけません。よろしいですね。安本さまらしい締めくくりを」

剣一郎は強い口調で、切腹を諫めた。

やがて、駕籠がやってきた。

京之進たちが傍について、駕籠が出発した。

「安本さまはまったく別人のようでした」

駕籠の一行を見送りながら、太助が呟くように言った。

「安本さまは己の心の中に魔を抱えていたのだ」

「魔ですか」

「わしへのつまらない敵愾心だ。安本さまにそのような魔が潜んでいたとは想像さえ出来なかった」

剣一郎は胸をかきむしる思いで言う。

「まるで、笹村又三郎や甚右衛門が妖刀雲切丸に取り憑かれたように……」

太助が呟く。

「いや、笹村や甚右衛門も心の中に魔を抱えていたのだ。妖刀雲切丸がその魔を引き出した。雲切丸のせいではない。あくまでも己の心の中の問題だ」

剣一郎は大きくため息をついた。

これで安本家は廃絶になるだろう。妻女は実家に戻る。実子がいなかったことが幸か不幸か。

駕籠が見えなくなった。

「太助、帰ろう」

剣一郎は声をかけた。

「はい」

また雲が切れ、月が覗(のぞ)いた。

皓々(こうこう)たる月の光。剣一郎と太助の影がふたつ。ふたりは無言で帰途についた。

一〇〇字書評

妖刀

切・り・取・り・線

購買動機（新聞、雑誌名を記入するか、あるいは○をつけてください）	
□（　　　　　　　　　　　　）の広告を見て	
□（　　　　　　　　　　　　）の書評を見て	
□ 知人のすすめで	□ タイトルに惹かれて
□ カバーが良かったから	□ 内容が面白そうだから
□ 好きな作家だから	□ 好きな分野の本だから

・最近、最も感銘を受けた作品名をお書き下さい

・あなたのお好きな作家名をお書き下さい

・その他、ご要望がありましたらお書き下さい

住所	〒				
氏名		職業		年齢	
Eメール	※携帯には配信できません		新刊情報等のメール配信を 希望する・しない		

この本の感想を、編集部までお寄せいただけたらありがたく存じます。今後の企画の参考にさせていただきます。Eメールでも結構です。

いただいた「一〇〇字書評」は、新聞・雑誌等に紹介させていただくことがあります。その場合はお礼として特製図書カードを差し上げます。

前ページの原稿用紙に書評をお書きの上、切り取り、左記までお送り下さい。宛先の住所は不要です。

なお、ご記入いただいたお名前、ご住所等は、書評紹介の事前了解、謝礼のお届けのためだけに利用し、そのほかの目的のために利用することはありません。

〒一〇一－八七〇一
祥伝社文庫編集長　清水寿明
電話　〇三（三二六五）二〇八〇

祥伝社ホームページの「ブックレビュー」からも、書き込めます。

www.shodensha.co.jp/bookreview

祥伝社文庫

妖刀(ようとう) 風烈廻り与力・青柳剣一郎(ふうれつまわりよりき・あおやぎけんいちろう)

令和 6 年 1 月20日　初版第 1 刷発行

著　者　小杉健治(こすぎけんじ)

発行者　辻　浩明

発行所　祥伝社(しょうでんしゃ)

東京都千代田区神田神保町 3-3

〒101-8701

電話　03（3265）2081（販売部）

電話　03（3265）2080（編集部）

電話　03（3265）3622（業務部）

www.shodensha.co.jp

印刷所　堀内印刷

製本所　積信堂

カバーフォーマットデザイン　中原達治

ISBN978-4-396-35033-8 C0193

祥伝社文庫の好評既刊

小杉健治
灰の男（上）

B29を誘導するかのような放火、空襲警報の遅れ——昭和二十年三月十日の東京大空襲は仕組まれたのか⁉

小杉健治
灰の男（下）

愛する者を喪いながら、歩みを続けた昭和の人々への敬意。衝撃の結末が胸を打つ、戦争ミステリーの傑作長編。

小杉健治
偽証（ぎしょう）

誰かを想うとき、人は嘘をつくのかもしれない。下町を舞台に静かな筆致で人の情を描く、傑作ミステリー集。

小杉健治
容疑者圏外

夫が運転する現金輸送車が襲われた。共犯を疑われた夫は姿を消し……。一・五億円の行方は？

小杉健治
死者の威嚇（いかく）

身元不明の白骨死体は、関東大震災で起きた惨劇の爪痕なのか？　それとも——歴史ミステリーの傑作！

小杉健治
もうひとつの評決

その判決は、ほんとうに正しかったのか？　母娘殺害事件を巡り、6人の裁判員は究極の選択を迫られる。

祥伝社文庫の好評既刊

小杉健治
約束の月（下）
風烈廻り与力・青柳剣一郎(59)
女との仕合わせをとれば父を裏切ることに。運命に悩む若者を救うため、剣一郎が立ち上がる！

小杉健治
ひたむきに
風烈廻り与力・青柳剣一郎(60)
訳あって浪人の身になった男に殺しの疑いが。逆境の中、己を律して生きるその姿が周りの心を動かし……。

小杉健治
桜の下で
風烈廻り与力・青柳剣一郎(61)
一生逃げるか、別人として生きていくか――。江戸を追われた男のある目的の前に邪魔者が現れる！

小杉健治
罪滅ぼし
風烈廻り与力・青柳剣一郎(62)
付け火で燃え盛る家に、赤子を救うため飛び込んだ男が。危険を顧みず行動できた理由とは？

小杉健治
心変わり
風烈廻り与力・青柳剣一郎(63)
盗まれた金は七千両余。火盗改の動きに不審を抱いた剣一郎は……。盗賊の一味の末路は⁉

小杉健治
わかれ道
風烈廻り与力・青柳剣一郎(64)
優れた才覚ゆえ人生を狂わされた次席家老の貞之助。その男の過去を知った剣一郎は……。

祥伝社文庫の好評既刊

あさのあつこ　人を乞う

政の光と影に翻弄された天羽藩上士の子・伊吹藤士郎と異母兄・柘植左京。父の死を乗り越えふたりが選んだ道とは。

あさのあつこ　にゃん！　鈴江三万石江戸屋敷見聞帳

町娘のお糸が仕えることなった鈴江三万石の奥方様の正体は――なんと猫!? 抱腹絶倒、猫まみれの時代小説！

有馬美季子　食いだおれ同心

食い意地の張った同心と、見目麗しき世直し人がにっくき悪を懲らしめる痛快捕物帳！

有馬美季子　つごもり淡雪そば　冬花の出前草紙

一人で息子を育てながら料理屋〈梅乃〉を営む冬花。ある日、届けた弁当に毒を盛った疑いがかけられ……。

五十嵐佳子　女房は式神遣い！　その2　あらやま神社妖異録

衝撃の近所トラブルに巫女の咲耶と夫で神主の宗高が向かうと、毛並みも麗しい三頭の猿が出現し……。

五十嵐佳子　女房は式神遣い！　その3　踊る猫又　あらやま神社妖異録

音楽を聴くと踊りだす奇病に罹った化け猫と、人に恋をしてしまった猫又の運命はいかに!? あやかし短編集！

祥伝社文庫の好評既刊

今村翔吾　**襲大鳳　下**　羽州ぼろ鳶組⑪

侍火消はひたむきに炎と戦う！　尾張藩を襲う怪火の正体は？　仲間を、友を、〝信じる〟ことが未来を紡ぐ。

今村翔吾　**恋大蛇**　羽州ぼろ鳶組　幕間

流人となった男、酒呑み火消、次代を担う若頭。三人の脇役たちを描く、羽州ぼろ鳶組シリーズの外伝的短編集。

宇江佐真理　**高砂**　なくて七癖あって四十八癖　新装版

倖せの感じ方は十人十色。夫婦の有り様も様々。懸命に生きる男と女の縁を描く、心に沁み入る珠玉の人情時代。

宇江佐真理　**おぅねぇすてぃ**　新装版

文明開化に沸く明治五年、幼馴染みの男女の再会が運命を変えた。時代の荒波に翻弄された切ない恋の行方は？

神楽坂　淳　**金四郎の妻ですが2**

借金の請人になった遊び人金四郎。返済の鍵は天ぷらを流行らせること⁉　知恵を絞るけいと金四郎に迫る罠とは。

神楽坂　淳　**金四郎の妻ですが3**

「一月以内に女房と認められなければ、他の男との縁談を進める」父の宣言に、けいは……。夫婦（未満）の捕物帳。

祥伝社文庫の好評既刊

門井慶喜 **家康、江戸を建てる**

湿地ばかりが広がる江戸へ国替えされた家康。このピンチをチャンスに変えた日本史上最大のプロジェクトとは！

西條奈加 **六花落々**(りっかふるふる)

「雪の形を見てみたい」自然の不思議に魅入られて、幕末の動乱と政に翻弄された古河藩下士・尚七の物語。

西條奈加 **銀杏手ならい**(ぎんなん)

手習所『銀杏堂』に集う筆子とともに成長していく日々。新米女師匠・萌の奮闘を描く、時代人情小説の傑作。

辻堂　魁 **春風譜**(しゅんぷうふ) 風の市兵衛　弐(に)㉛

利権争いの絶えない我孫子宿近在で、小春の兄が親戚ともども行方知れずに。市兵衛は探索を始めるが……。

辻堂　魁 **母子草** 風の市兵衛　弐(に)㉜

遠い昔、別れの言葉もなく消えた三人の女性。市兵衛は初老の豪商の想い人を捜し出し、真心を届けられるか⁉

馳月基矢 **友** 蛇杖院(じゃじょういん)かけだし診療録

蘭方医の登志蔵は、「毒売り薬師」と濡れ衣を着せられ姿を隠す。亡き者にと二重三重に罠を仕掛けたのは？